# アウシュヴィッツの音楽隊

シモン・ラックス［著］
ルネ・クーディー［著］
大久保喬樹［訳］

*Simon Laks*
*René Coudy*

MUSIQUES D'UN AUTRE MONDE

音楽之友社

Simon Laks et René Coudy

MUSIQUES D'UN AUTRE MONDE

# 新版『アウシュヴィッツの音楽隊』刊行にあたって

本書は一九七四年に音楽之友社から刊行された『アウシュヴィッツの奇蹟　死の国の音楽隊』を新たに表題を改めて再刊するものである。

第二次大戦後まもなくの一九四八年にフランスで原著『死の国の音楽隊』が刊行された時から数えれば六十年、日本で訳書が刊行された時から数えても三十年以上を経た現在、あらためて、このナチによるユダヤ人強制収容所でのささやかなエピソードを記した本を世に送り出すにあたり、訳者としての思いを少々述べてみたい。

この本を偶然の出会いから私が日本に紹介することになったいきさつは再録した旧著あとがきにくわしく述べたが、当時の私は、もっぱら、このエピソードを通して浮かびあがってくる音楽と人間性との思いも寄らないような関係、それこそ〈奇蹟〉と言いたくなるような逆説的な関係に心をうたれ、また、底知れない深淵をのぞきこむような戦慄を感じる方に比重がかかって、それ以上の歴史的展望というようなことにはあまり思いがおよばなかった。

それは当時、まだ原著を読んだばかりだったうえに、著者のラックス氏に直接面会したりして、語られた特異な体験そのものにひきつけられていたせいもあったろうし、まだ若かった私には広い歴史的展望というような視点も乏しかったためでもあったろう。

それから三十年あまりを経て読み返してみると、最初の時の印象がよみがえってくるのと同時に、このささやかな体験記の背後に広がる歴史的文脈というものも見えてくるように思われた。

ナチとユダヤ人と音楽の関係は、いわば宿命的な三角関係ともいうべきもので、単に大戦中の一時的なものにとどまらず、この原著『死の国の音楽隊』が刊行された戦後まもなくから二十一世紀の現在にいたるまでもずっとアクチュアルな緊張をはらんだ民族的、政治的、思想的な問題であり続けてきた。

二十世紀前半のドイツ音楽を代表する大作曲家にしてナチの統制する音楽院総裁をつとめたリヒアルト・シュトラウス、やはりナチ統制下のベルリン・フィルにとどまって活動したために戦後しばらく戦犯の嫌疑をかけられて追放された大指揮者フルトヴェングラー、その窮境にあったフルトヴェングラーにユダヤ人でありながら手をさしのべた名ヴァイオリニストのメニューヒンら、近年では、子供時代にポーランドのユダヤ人ゲットーに収容されながら辛くも脱出して、生き延び、後にそのゲットーでの体験をもとにナチ将校とユダヤ人音楽家の交流を描いた『戦場のピアニスト』を発表してアカデミー賞を受賞した映画監督ポランスキーや、ワグナーの音楽をナチの文化的象徴として長く禁じてきたイスラエルにおいてユダヤ人でありながら敢えて初めてワグナー作品の演奏会を開き、さらにイスラエルとパレスチナの和解をよびかけてユダヤ、アラブ双方の音楽家を集めたオーケストラを組織した指揮者のバレンボイムら、枚挙にいとまないほど、ナチとユダヤ人と音楽の宿命的な関係は続いてきているのである。

それにはナチを生み出したドイツ民族と、その犠牲となったユダヤ民族の双方がともに、他の諸民族には見られないような深い音楽との結びつきを民族精神の根源とするような特異な音楽的民族であるということがかかわっているだろう。なんという皮肉《アイロニー》だろうか、これほどに魂の底から音楽に魅せられたふたつの民族が、まるで音楽の魔霊《デーモン》に引き寄せられるように戦争という非常時において出会い、烈しく憎しみあいながら、同時に音楽を愛してやまない一点において結びついたというのは。極限的な近親愛憎の関係、まさにワグナーが『トリスタンとイゾルデ』や『ニーベルンクの指輪』でくりかえし描いたような悲劇的な宿命の関係であり、その宿命を縫い合わせていく糸となるのが音楽にほかならないのである。ちょうどトリスタンとイゾルデを愛と破滅に導いた秘薬のように甘く、恐ろしいその響きはこのふたつの民族の間で絶えず通奏低音のように響きつづけ、さらには両民族を越えた二十世紀現代史全体を貫く黒々としたコードのひとつとさえなっている。これほどに芸術が民族全体の運命、さらには世界史全体を動かすような作用をおよぼした例を私はほかに知らない。

『アウシュヴィッツの音楽隊』で淡々と語られるエピソードは、それ自体としては、異常ではあってもささやかなものだ。著者であるラックス氏らにしても、あくまで個人的な体験として語っているにすぎない。しかし、半世紀以上を経て眺め直してみるなら、そのささやかな個人的体験は確実に上に述べたような巨大な歴史ドラマに通じるものだと私はあらためて思い直すのである。そうした歴史的系譜、文脈を背景として読んでいただけるなら、本書を二十一世紀に入った現在、あらためて刊行する意味もあろうかと思う。無論、そんな理屈ばった背景など抜きに、ちょうど三十年あまり前の私のように、ただ、驚くべき音楽と人間性のドラマとして読んでいただけるのでも十分、紹介者冥利につきるものではあるが。

最後に旧著刊行後のことを少しだけ述べさせていただく。

旧題『アウシュヴィッツの奇蹟　死の国の音楽隊』として刊行された本書は、アウシュヴィッツと音楽という意外なとりあわせのもとに展開された珍しい人間ドラマとして興味をもってもらえたのか、期待以上の数の読者に恵まれ、細々ながら、かなりの年数にわたって版を重ねた。こうした人間ドラマに理解の深い作家の五木寛之氏が好意的な紹介をしてくださり、そのおかげでさらに広く読まれることになったというのも有り難いことだった。

原著者のラックス氏には、折々にそうした様子を知らせ、最初のうちは喜んでもらえたが、やがて、そのうち、連絡がつかなくなり、そのままになってしまった。一九〇一年生まれの氏が今も元気でおられる可能性は低く、今回の再刊を伝えることができないのは心残りである。

そして私自身も、旧著刊行の頃はずいぶん音楽にいれあげていたのが、その後、専門の比較文学、さらには日本文化論の仕事の方に身を入れるようになるにつれ、音楽の方は、ふだん家で放送やCDを楽しむ程度となった。アウシュヴィッツやヨーロッパについても関心はあるが、かつてのように身近ではなくなった。

それでも、今回、再刊の機会に恵まれて、あらためて読み直したり、考え直したりするうちに、最初に述べたように、かつてパリの学生寮の部屋でこの本に出会い、訳出の作業に取り組んでいた時の昂揚した気分がよみがえってくると同時に、それから三十年あまりの間をおいて、それなりに視野を拡大し、また、その後の現代史の展開を眺めてきた経験を重ねて、新たな印象を受け取ったのだった。

こうした機会を与えてくださった音楽之友社、とりわけ直接、発案、制作の指揮をとってくださった社長の堀内久美雄氏には厚くお礼申しあげる。新たな書名や一部表記の修正などにも氏の助言をいただいた。ただし、こうした変更はごく一部にとどめ、本文のほとんどは旧著を踏襲し、旧著あとがきも、そのまま再録することとした。

二〇〇九年一月　東京

大久保喬樹

# 序文

私たち西欧人は、ドイツ民族の運命を二十年の間握っていた一群の狂人たちの手によって人類がつきおとされた悲惨の淵がどんなものであったか、もう知りすぎるほど知ったと思ってきた。

私たちフランス人は、この悲惨に立ち会った無数の人々によって書かれた記録を次から次へと読んできたが、そのいずれもが全く同じ事実を語っていたために、もう私たちは彼らとともに地獄のすべての層をめぐり終わったのだと思ってきた。

この恐ろしい錯乱によってもたらされた危機、ほとんど一民族全体を頽廃においこんだ危機、長い間文明社会を苦しみと恥辱で満した危機はすでに歴史家の判断にまかせられるべき時期に達したように私たちには思われた。なぜなら、あれほど多くの犠牲者をだし、あれほど多くの人殺したちを生んだこの恐ろしいドラマについては知りうるすべてが知りつくされ、予審は終わったと思われていたからである。

だが私たちは間違っていたようだ。

この点について相変らず真実を認めようとしない人々には、私は、シモン・ラックス氏とルネ・クーディー氏の手によって書かれたこの書物の第十九章を読まれるよう勧めたい。とくに私は、この章の最後、親衛隊員ヴォルフの告白に注意を向けるよう促したい。そうすれば*メフィストフェレスというものが決して詩人の空想などではなく、絶えず死んでは生まれ変わってくるドイツの国民的英雄の象徴に他ならないことを納得してもらえるだろう。

もしこのすべてを呑みつくす大厄災の中にあっても最後の避難場を見出すことができるなら、もし私たちに慰めと救いを与えてくれる精神的な糧が汚されずに残されていると感じることができるなら、この悲惨をも私たちは甘受することができるだろう。たとえ苦しみながらでも。

だがアウシュヴィッツの二人の生き残りが私たちにもたらしたこの書物は、私たちからこういう最後の慰めの可能性をも奪いさるもののようだ。この書物は私たちにドイツの収容所の人殺したちが音楽を愛していたことを教えてくれる。そうだ、聖なる音楽、気高い音楽もまたこの恐ろしい運命の巻き添えとなることを避けることはできなかったのだ。

この書物を読み終わった者はそれぞれ一時の間孤独の中に閉じこもるだろう。そして信仰の力によって、あるいは理性の力によって、祈りをあげるかもしれない。だがもうこの最後の隠れ場も安全ではないのだ。いつかはこの拷問人たちも彼らの流儀で、彼らの言葉で、彼らの呪われた精に促されて祈りをあげていたことが明らかになるに違いないのだから。

ジョルジュ・デュアメル**

*ゲーテの「ファウスト」に登場する悪魔。
**フランスの小説家。ヒューマニズムの立場から現代文明の堕落を批判した。音楽愛好家としても知られる。

# 目次

# アウシュヴィッツの音楽隊

# 序章

一九四三年も終りに近い頃、アウシュヴィッツ・ビルケナウ第二収容所の収容者は、家族にあてて手紙を送ることを収容所長から許可された。

いや正確には私は「許可」という言葉を使うべきではないだろう。なぜなら実際にはこれは一種の命令で、私たちはそれを果たすかどうか厳しく監視されていたからである。だからこれに従いたくない者たちは彼らの通信を全く架空の相手にあてたりした。これらの葉書は真面目に書かれた場合には、ゲシュタポ*が捜しまわっていたさまざまな事柄の隠されている場所を明るみにだすことになりうるのだった。ひとりならず収容者たちはこのことを警戒した。私たちの仲間の多くは、この葉書を宣伝とみなしていた。

ところでいくつかの条件を私たちは課せられていた。単語数の制限、金や品物を送ってくれるよう頼まないこと、一身上のことだけを書くこと、発信地としてArbeitslager Birkenau bei Neuberun すなわちビルケナウ労働収容所と記すこと等。最後の点については本当はこう書かれるべきであった。アウシュヴィッツ・ビルケナウ第二強制虐殺収容所。

これが通信を送る唯一の機会だと思うと、私は親しい人々に私がまだ生きていることを知らせたいという欲求を押えることができなかった。元気でいること、自分の職業を生かして働いていることを私は

*ナチの秘密警察。

知人にあてて書いた。私の職業とは音楽家だったが、私はこう書くことで私が楽な仕事についているのを彼らに分かってもらえると信じていた。

後に解放されて妻に再会した時、彼女は確かにこの葉書を受けとったと言った。しかし妻は私が本当に私の職業を生かして働いているなどとは信じられなかったという。ただ彼女を安心させるために私がこんなことを書いたのだと妻は思っていたのである。

事実、誰がドイツの収容所内にこんな仕事がありうるなどと想像できただろう。

解放されてから二年たち、あらゆる調査が行なわれ、膨大な数の本が出版され、強制収容所を撮った映画まで上映されたにもかかわらず、私に話を聞きにくる人々は、私がアウシュヴィッツ一般について話し、それからとくにそこでの音楽活動について話すと、その度に信じられないような顔をするのだった。

「何ですって?」と彼らは言う、「それではあなたのいた収容所では音楽をやっていたというのですか? 何の役に立つのです? 何を目的としてです? 一体あなた方は何を演奏していたのですか? 葬送行進曲でもやっていたのですか?」

他にもさまざまな質問が私に浴びせられた。そのすべてが私には子供っぽいものに思えたが、事実について何も知らない以上それも無理もないことかもしれなかった。

だが事実アウシュヴィッツの収容所には音楽活動――Commando Lagerkapelle(音楽部隊)――があったのである。〝体面を重んじる〟ドイツの収容所にはどこにでもあったように。この音楽活動は収容所の機構と切っても切れない関係にあった。音楽など収容所の秩序維持という点から見て、あくまでもつけたりのものとしてしか思えないだけに、意外にうつるかもしれないが、これは事実だった。

Lagerführer（収容所長）の第一の望みというのは〝おかかえ〟の音楽部隊をつくり、それによって厳格な規律をもった収容所の活動が非のうちどころなく進行するようになり、同時に、以下のページに見ていくように、私たち収容者の監視人であるSS（親衛隊員）の楽しみ、また彼らの士気の維持に役立つようになるということだった。

……………………

この本の目的はアウシュヴィッツが舞台になった恐怖と残虐の事実をもう一度くりかえして語ることではない。もし私たちが余儀なくそうした事実を呼びおこさねばならないとすれば、それはただこの本の内容をより理解しやすいものにするためである。

ナチの収容所についてはずいぶん多くのことが書かれてきた。それに新しい資料をつけ加えることは、たとえまだそれが知られざるものであるにせよ必要なことだと私たちには思えない。そこではすべてが測り知れない一つの宇宙の中ですぎさったのだ。私たちがこの測り知れなさを十倍に、百倍に、あるいは千倍に拡大してみたとしても無限は無限である。ある限度を越えた人間の苦痛というものはそれを実際にのり越えてきたことのない人にはもう感じることも輪郭をとらえることもできないものとなる。実際に〝それを見た〟私たち自身、そんなことが可能であるなどとは、その当初も、もっとあとになってからも、決して信じたいとは思わなかったのだ。そうならば、そこにいあわせなかった人に一体どうしてこんな真実が確かにあったなどと認めさせることなどできるだろう。

アウシュヴィッツは、ある意味で私たちがそこに入ることによって離れてこなければならなかった世界の〝陰画〟だった。そこでは私たちの最も本質的な崇高さというものが悪徳とみなされた。私たちの理性は狂気の兆候ととられた。反対に、それまで教育の力によって押えられてきた最も卑しい本能が疑うべからざる徳となり、生きのびるための一つの条件になった。こうして収容所内の貴族階級は無頼漢や公民権剝奪者や職業的殺人者によって占められ、一方、知識人、宗教家、芸術家、学者はドイツの天才によって発明されたこの新しい社会の最下層民となったのである。

ナチの収容所から生きて帰った者はごくわずかの数しかいない。この事実は、夢想だにしなかったようなこの世界に直面して人間性がまともに反応した場合どうなるかということの証明となっているだろうか。一体どれだけの数の人々が収容所に着いて数日いやしばしば数時間のうちに耐えきれずに死んでいったことだろう。アウシュヴィッツに生き残ることができたという人は、誰でも、ただ幸運、忍耐、意志、抵抗というようなことだけで生きのびられたのではない。たしかにこういう要素も私たちが助かったうえに大きな働きをなしている。だがもし私たちが収容所に入った瞬間、稲妻のようなひらめきで次の事実を理解しなかったら、これらの要素も決して十分ではありえなかったはずである。すなわち、ここでその場で屈してしまわないためには、私たちがそれまでもっていたモラル、〝人間性〟、文明の諸前提というものの大部分を捨て去り、あらゆる手段をあげてこれから入っていかねばならない新しい社会に、その思考方法に、その習慣に、その感情に、その教育理念に、そしてその法則に同化しなければならないのだということを理解しなかったら。

こういう本能的であると同時に意識的でもあった順応の過程を生きぬいてきたことで、私たちが皆、多かれ少なかれ、私たちが幸運にも帰ることのできた社会から見て非人間的な、しばしば大きなショックを与える存在になってしまったということは私たちもよく知っている。私たちとこの一般社会の間には深い淵が開けているのであり、この淵は多分永久に埋められることのないものだろう。この社会のあらゆる言葉は、文学的なものであれ、道徳的なものであれ、感傷的なものであれ、あるいはユーモラスなものであれ、いずれも私たちの体験を伝えるには貧しすぎる。どんなに忠実な資料も、どんなに詳細な物語も、決して私たちがくぐりぬけてきたものをそのまま映しだすことはできないだろう。この私たちと一般社会の間にある深淵を私たちは埋めようとは思わない。そんなことは実現不可能なことと知っているからである。私たちはちょうど、私たちの体験を語ってくれることのできる作者を捜しまわっているピランデルロ*劇の登場人物に似ているかもしれない。だが決してそんな作者など見つからないことを私たちはよく知っている。

そこで誰も語り手になってくれるあてがない以上、私たちは自分たち自身で語るより仕方ない。それが、あえて、作家でもないのに、また自分たちの企てた仕事がとうてい手に負えるものではないことをよく承知しながら、なお私たちがこの本を書こうと思った動機である。私たちの望みは大きなものでは

＊二十世紀イタリアの劇作家。「作者を探す六人の登場人物」が代表作として知られる。

ない。私たちはアウシュヴィッツ・ビルケナウ第二収容所の歴史における知られざる、だが真実の一ページを伝えたいと願っているにすぎない。

音楽部隊の一員に加わることによって私たちは、この収容所の活動のほぼ全体を、単にその〝恐ろしい〟面ばかりでなく、すぐ先の将来、あるいははるか遠くの将来を思って指揮官たちがたてた構想、組織、方法、そしてその結果の面をも含めて観察するという悲しい特権を与えられた。親衛隊員であろうと収容者であろうとアウシュヴィッツの住人たちの奇妙な世界は、常に私たち音楽家をめぐって動いていたのである。私たちは、他の誰よりも、一方でドイツ人の魂というものを知り、他方で私たちと悲惨をともにした兄弟であるアウシュヴィッツの収容者たちの心の動きを近くから見守ることができたと信じている。

# 1《Zu fünfe——五人ずつ》

ドイツをずっとぬけてアウシュヴィッツまで私たちを運んできた家畜用の貨車から降りたつと、私たちは老人組と壮年組の二つのグループに分けられた——女や子供は駅に横づけされたトラックに積みこまれた——。私の入れられたあとのほうのグループは一列五人ずつの列を二十列集めて計百人の単位にした縦隊に並び直させられた。

こうして私は思いもよらず両親からひき離されてしまったのだった、永久に。

簡単な持物検査がすむと、私たちは十人ほどの武装したドイツ軍兵士たちに見張られながら歩きだした。私の隣りにいた男はドイツ語にいくらか通じているらしく、しきりにそばを歩いている兵士に話しかけようとした。するとそれに応えてこの兵士はどんどん喋りだした。私はドイツ語が分からないので少し不安になり、時々会話に割って入っては、その連れの男に何を話しているのか訳して聞かせてくれるよう頼んだ。彼はしぶしぶ私の願いに応じたが、わざと大事なことを言い落として、聞きだしたことを彼ひとりの秘密にとっておこうとしているようだった。だがそれでも私は頼み続け、最後には何の話をしているのだか少しずつ見ぬいていった。

トラックがやってきて老人や体の弱い者を軽作業専用の特別収容所に連れていった。私たち、まだ若くて体の頑健な者は各人の適性に応じていろいろな仕事に割りふられることになっていた。プラットフォームに残してきた私たちの手荷物は、登録と消毒作業のあと収容所の中で各人に返されることになっており、さらに私たちは〃行ないが良ければ〃日曜ごとに家族と会えるだろうという通知をうけた。

私は心が楽になるのを感じた。どんなに辛い仕事でも恐れはしない。週末に約束のご褒美をもらえるように勇気を振りしぼって働こうと私は思った。

三十分ほど歩いたあと私たちの部隊は、赤い、何とも言えず陰惨な感じのする建物の前で止まった。多分私たちは、私たちに予定された収容所に着いたところなのだった。

…………………………

私はアウシュヴィッツの最初の記憶をはっきり思い浮かべようと努めているのだが、どうしてもうまくいかない。私には何だかこれらのことは皆、ほんの子供の頃に経験したことのような気がしてならない。ただいくつかの光景がちぎれちぎれに残っているだけだ。それらは思い出というより、むしろ漠然とした印象にすぎない。

誰かが卑猥なののしり言葉をまくしたて、ダミ声でどなり散らしているのが聞こえる。異様な風体の男たちが熱にうかされてわめいているのだ。プロレスラーのように逞しい体をして、赤か黄の腕章を巻き、頑丈な棍棒を手にしている。その棍棒に何事につけて雨かあられのように顔といわず背中といわず私たちの上に落ちてくる。*この男たちはドイツ軍の兵士ではない。こいつらは収容者なのだ。私たちと同じように収容者用の縞服か、さもなくば、上着の背中とズボンによく目立つようにまっ赤な線の入った平服を着ている収容者なのだ。こいつらも、私たち誰もがそうしなくてはならないように親衛隊員の前にくると脱帽する。だがそれからこいつらは彼らとほとんど対等で話し、場所柄に似つかわしくない慣れ慣れしさでひそひそ話を交しては、私たちのみじめな様子を笑って興じるようにみえる。彼らが私たちを一つの仕事から次の仕事へと送りこみ、私たちに食事を分配し、つまるところ、私たちにとって至高の権力を代表しているのだ。

私は真裸で延々と続く行列の中に立っている。小屋の中にいるかと思うと次には凍りつくような雨にうたれながらぬかるみの中にいる。厳重な衛生検査をうけているのだ。頭は剃刀でつるつるに剃られ、雨にうたれるより冷たいシャワーを浴び、シャワーが終わるとまた雨と棍棒に追いまわされながら果てしないぬかるみの中を走っていく。それから窓ガラスの破れた建物のコンクリートの床の上にうずくまって、身につけるためのボロがつまった箱が配られるのをいつまでも待っている。さらに番号をつけてくれるのを待っている。その番号がこれから私たちの社会的地位にとってかわるのだ。私はもう姓も名前もない。私のただ一つの身分証明は左腕に彫られたこの番号なのだ。私たちはいつまでもきりなく待ち続けている。何を待っているのだかも良く分からずに待ち続けている。きょうは水曜だ。すると日曜までこんなに長い日が三日もまだあるのだ！

せめてこうして待ち続けているのにいつか終りがくるなら！　仕事に連れていくか眠らせてくれれば、いや坐らせてくれるだけでも良い！　寒さが体の芯までしみこんでくる。腹が減ってどうにも我慢ができない。精も根も尽き果て、へとへとでぶっ倒れそうだ。

＊ドイツ軍当局によって収容者たちの中から選ばれた看守、いわゆるカポを指す。

とうとう何か入れ物が、いろいろな種類の入れ物が配り始められる。鍋がある、空カンがある、痰壷がある、溲瓶がある、それからサラダボールのような格好をした二リットルは入りそうな本物の飯盒もある。二人の屈強な男が手押車に樽を一つのせて運んでくると地面におろして叫んだ。

「五人ずつ並べ、Zu fünfe!」

それからまた混乱だ、棍棒の雨だ。ある者は押しつぶされ、ある者は中につまっている灰色の液体をすするために樽に向かって突進する。棍棒はますます頻繁に、ますます激しく私たちの上に落ちてくる。

…………………………

とうとう皆五人ずつの列に並んだ。赤い腕章をつけ熱に浮かされてどなりまわっていたあの男たちのひとりが大きなスープ匙を持ち、棍棒のお陰で今はおとなしく五人ずつ並んで前へ出てくる収容者たちの飯盒にほんのちょっぴりの汁を、それもしぶしぶとついでやるのだった。時々運の悪い収容者が規則正しいリズムに外れて早く出すぎたり、遅れたりすると、スープ係の男にその重たい匙でガンとやられる。ついでもらった者はすぐ小屋の反対側に行かなければならない。二度目の配給にありつこうとするのを防ぐためだ。そして常に五人一列、例外なく五人一列に私たちは並ばされる。

五！　ドイツ軍の収容所にとって掟のような数字。《Zu fünfe ――五人ずつ―― Aufgehen zu fünfe ――五人ずつ並べ》これが永久にくりかえされるリフレインだ。五人ずつ並ぶ、前の列に一人欠けていれば素早くそこに入る。これはつまらないことのように見えるかもしれないが収容者にとっては大切な技能なのだ。私も何とかおぼえこんだ、比較的早く。だが一体何という代償を払わなければならなかったことだろう。歩いている時はむろん、休んでいる時でさえ、この不動の規律にすぐ従うことができないと命をすり減らされるような目に会うのだ。

三日三晩際限のない〝手続き〟が続いたあと、私は精神的にも肉体的にもぶちのめされて小屋の壁ぎわにちぢこまっていた。とうとう私は傷だらけの手足をのばすことができる。私と不幸をともにしている仲間たちといっしょに、うまく接ぎあわされていないデコボコのレンガの床の上に横になると、瞼が自然にくっついてくる。だがそれでも私は眠ることができない。両親の姿が絶えず私につきまとって離れないのだ。もう彼らに決して会うことができないことは分かっていた。翌日の日曜にも、いつになっても。私の髪を刈ってくれた床屋の男——私同様パリジャンで収容所にはすでに長いこといるのだということだった——は私の父や母の運命を、それから私自身に予定されている運命を教えてくれた。私はもはや両親が殺されてしまったことを、私自身も生きてここから出ることはないことを知らないでいるわけにはいかなかった。ナチのモロク神*に私に残っているわずかの体力のすべてを捧げて、私を養う費用の埋めあわせをするだけの時間——長くて四週間か五週間の時間があるだけだった。

手足が無感覚になり、私は少しずつうとうとと眠り始める。おそろしく腹が減っている。どこにいるのだ、お前たち、荷物に残してきた生姜《しょうが》パンよ、砂糖菓子よ。どうして汽車から降りる前にお前たちを食べてしまわなかったのだろう。可哀想なお父さん、お母さん……私は一瞬自分がどこにいるのだか

＊古代セム族によって崇拝された神。性質は凶悪で子供を生贄に要求した。

分からなくなる。そして夢の中で昔の生活に舞い戻っている。なつかしい家、仕事、友だち、初恋……どれもこれも何と遠くにみえるのだろう、この世のものではないみたいだ。

突然私は言うに言われぬ喜びを感じて飛びあがる。私は恐ろしい悪夢を見ているにすぎないのだ。目をさましさえすればこの夢から逃れることができるのだ。私はそう確信する。そして私は起きあがると、目をこすってあたりを見まわす。

ああ、違う！　まわりは元のままだ。残酷で容赦ない現実。弱々しい電燈の光がみじめな小屋の様子を照らしだしている。ボロに包まれ、互いに重なりあった生気のない肉体がゴロゴロ並び、時々、体を掻いたり、位置を変えたりするためにモゾモゾ動いている。どれも何日か前には普通と変わらない、生活し、働いて、いろいろな希望も持っていた人間たちの体なのに。そうだ、これが現実なのだ！

私は懸命にそれを認めまいとしたが無駄だった。それに従うより他なかった。

私は再び横になるとまた手足をあの無気力の中に沈めた。私は自分が出口のない恐ろしい罠にかかったことを悟った。外では戦争が続いている。いろいろな出来事がおこっている。人々が何かを理由に戦っている。そして私はここで胸のむかつくような寝床に横たわり、最低の乞食のようにしている。自分で〝けり〟をつけてしまったほうがましではないか？　だがどうやって？

外で銃声が一発響き渡る。続いて二発目。私は恐ろしさに身震いする。あれは何だ？　誰をやっているのだ？

あたりは静まりかえっている。とうとう眠りが私にうちかつ、今度は決定的に。

# 2《音楽家はいるか？》

私は耳を破られるような騒ぎで眠りからひきずりだされた。二時間そこそこしか寝ていないような気がした。私は他の連中といっしょに飛びおきた。棍棒がまだ眠っている者めがけてうなりをあげながら飛んでいった。バシンと叩くかと思うと、次は急所へ向かってぐいと突きだされるのだった。キンキン頭に響き渡るような声が方々であがった。《Aufstehen——立て——Raus——外へ》私たちは着物を着る必要もなかったし、靴を履く必要もなかった。着物は脱がなかったし、靴はもともとなかったからだ。私たちは急いで立ちあがったが、互いに鉢あわせしたり、ぶつかりあったりしてなかなかしっかり立つことができない有様だった。それでも私たちは何とか外に飛びだして、どうにかこうにか棍棒を手にして私たちを追いまわす獣たちから逃れることができた。

外はまだ夜だった。雨はほとんど止んでいたが寒さは相変らずだった。私たちは二つの小屋の間の広場に集められた。《Los——早く——Zu fünfe》誰かが声をからしてどなっている。また命じられたように並ぶために滅茶苦茶な突撃が始まる。満足できるような形に並ぶにはかなりの時間がかかった。だがそれからまた新しい責苦が私たちを待っているのだった。

どんな収容者もおぼえないではすまされない、おぼえなければ命を縮めることになる技能がもう一つある。それは号令に応じて一斉に敬礼することだ。この儀礼が完璧に行なわれたかどうかは、私たちの手にした帽子が右の尻に叩きつけられて発するピシャッという音がどれだけ大きく響きわたるか、寸分の狂いもなく皆同時に鳴り響くかということにかかっている。一行程は四段階に分かれていて、最初の二段階は帽子を脱ぐのに、あとの二段階はそれをまたかぶるのにあてられる。号令と同時にまず右手をベレーにかける。次に——ここが技の見せどころだ——そのベレーを荒々しく脱ぎ放ち、それをできる限り大きな音が出るように思いきり尻に叩きつける。後半は前半の逆で、ピシャンという音は今度は空いた左手の手のひらを腿に打ちつけて出す。これはずっとやさしい、なぜならあまり厳しく見張られないからだ。

私たちはたっぷり一時間以上この練習をやらされた。これは練習する私たちにとってばかりでなく、練習させるほうにとってもひどくこたえることだった。この儀礼を教えこむには喉、腕、肘、足のありたけを動員しなければならないが、私たちの教師はそのために疲れきって何度も交代しなければならなかった。

その間に暗く悲しい一日が明け始めた。霧がひどく空がどうなるのか見当がつかなかった。とうとう太陽はその姿を見せるのだろうか。ここに着いてからというもの私たちはまだ一度もお日様を拝んでいないのだった。

私たちの拷問人はあまり生徒たちに満足していないようだったが、おどしを交えた注意をいくつかしてから私たちに休憩を与えた。見張りがいなくなるのを見計らって私たちは腰をおろした。私の場所からまわりの様子がよく見えた。

だんだんあたりは明るくなってきた。収容所のあちこちで人の往来が目立ち始め、時が進むにつれて頻繁になっていった。湯気の立った、何かスープの入っているらしい樽を中央通りらしい道にそって男たちが運んでいく。ひ弱そうな若者、半人前の収容者が紙に書かれたり、口で言われたりしたメッセージをもっていろいろな方向に走っていく。収容所の端にある一つの小屋の前では一団の男たちが土の上に坐ったり、寝そべったりしているのが見える。いずれも見すぼらしい格好で、ある者はボロを着ているが、他の者は裸か汚いシャツをひっかけているだけという有様だった。病院に連れていってもらうのを待っている病人たちだと誰かが私に教えてくれた。

私はこうしてあたりの光景に見とれていたが、そこへある事件がもちあがった。樽の一つがお座なりのやり方で支えていた運び手の手からすべり落ちて、中身の沸きたったスープが地面にぶちまけられてしまったのだ。男たちは恐ろしい悲鳴をあげた。私にはそれがやけどのためか、それとも方々から駆けつけてくる赤い腕章の男たちの手でこれからたっぷり味わわされることになる殴打が恐ろしくてあげられたものか分からなかった。私は次の瞬間一体どんな恐ろしい光景を見ることになるのかと思うとぞっとして目をそむけた。

その時私は何人かの男が見覚えのある形をした木製の道具をかかえて通りを歩いてくるのを見た。私は〝あれ〟ではあるまいかと一瞬思ったが、あまり突飛な考えなので自分でもなかなか認めることができなかった。男たちが近づくにつれて私の目は大きく見開かれていった。蜃気楼でも見ているのではあるまいか？　だが今や認めないわけにはいかなかった。私ははっきりとそれらの物の形を見分けることができた。どんな疑いもない、それらは譜面台なのだ、音楽をするための譜面台なのだ！　男たちは収容所の入口のほうへ行き、それ専用に作られたらしい場所にこれらの譜面台をすえた。

しゃがれ声が響き渡って私の観察はうちきられた。私は機械的に他の連中の真似をする。どなり声の抑揚にあわせて気をつけの姿勢をとり、号令一下、朝の点呼にきた親衛隊員に向かって敬礼の儀式を行なうのだ。

私は全く混乱していた。この不幸な環境の中で今私が目にしたのは何なのだ。それは譜面台ではないのか、すなわち音楽の象徴ではないのか、精神の自由と独立のしるしではないのか。まるで夢の中でいくつもの光景が重なりあうように、頭の中をさまざまな考えが飛びかった。それらは絶望からひょっとしたらという気持へ、不安から希望へとかけめぐった。私はおぼつかない論理を働かせて、今見たばかりの光景から生まれてきた期待に無理やりしがみついた。よく考えるのだ。譜面台といえば音楽家だ。譜面台のない音楽家もなければ、音楽家のない譜面台もありえない。それでは一体誰がここで音楽をするのだろう？　死刑執行人か、それともその犠牲者か？　一体この呪われた場所で演奏される音楽とはどんな音楽なのだ？　死の舞踏？　葬送行進曲？　ヒトラー賛歌？　こうして私は長い間自問自答した。ちょうど解放されてフランスに帰った時私の友人たちが私にたずねたように。その時突然これらの質問に鋭く応えるようにフランス語でどなり声が聞こえた。

「お前たちの中に音楽家はいるか？」

# 3　入隊試験

私は列の外へ飛びだし、今呼びかけた人物のところへ駆けだした。それは相当の年配の男で、がっちりとした体つきをし、前に話した縞の服を着ていた。もう白くなった髪の毛は短く刈りこまれ、それがこの男に威厳を与え、私に尊敬の念をよびおこした。かしこまって前に進みでると、男はうさんくさそうにじろじろと私を眺めまわし、何の専門かフランス語でたずねた。男は横に立っているもうひとりの男に意見を求めているようで、私が答えるとそれをドイツ語に通訳した。相手の男はやはり同じように軍人らしい風采はしていたが、全く違うタイプだった。ひどく背が高くて、病的なほどやせた男だった。服は平服で、それも私たちのボロとは正反対にまるでロンドン一の洋服屋に作らせたもののように洒落た仕立てだった。短い外套を無造作に肩にひっかけ、袖の一つには黒い絹の腕章が巻かれていたが、それには銀の竪琴が、つまり音楽の紋章が美しく刺繡されていた。

私はこの二人の男の前ですっかりちぢこまっていた。彼らの清潔さとエレガントな様子は私のまわりに見えるものとは全くちぐはぐな対照を示していた。白髪頭の男の質問に答え、腕に彫った番号を見せたあと、私は九時に第十五棟に出頭するよう言い渡されて元の列にかえされた。

私は残った時間を私の小屋の隅で体を休めてすごしたが、その間中、今経験したばかりの印象をまとめようとして苦心した。遠くから何かの音楽のはっきりしない響きが聞こえてきたが、一体何の音楽だか私には聞きわけることができなかった。だが大太鼓がドンドン、ドンドンドンと単調で野蛮なリズムを打っているのだけはよく聞こえた。それはまるで人の神経をすり減らすために無限に破裂し続ける爆弾の炸裂音と思いかねないような響きだった。この大太鼓の音はかれこれ一時間ばかりも続いたが、それが突然止むと全くシーンと静かになった。私には今何時なのかさっぱり見当がつかなかったが、小屋の見張り人が時間を教えてくれ、ついでに私の分の配給のパンを渡してくれた。それで私はパンをかじりながら収容所の中をぶらつき始めた。これは全く慎重を欠いた行動だった。たちまち縞服の男たちから何発もの拳固を私はくらった。私は不注意にも彼らに気をつけねばならないのを忘れていたのだ。彼らはなぜこんな時間にぶらぶらしているのか私にたずねた。だがその都度「音楽」という言葉を口にだすと彼らの態度は魔法にでもかかったかのように一変するのだった。彼らは愛想よく私の肩をたたき、何もせずに私を放してくれるのだった。

　収容所にはほとんど誰もいなかった。たまに通りすぎる人々は皆収容所内の仕事をあてがわれているようだったが、他の大部分の収容者は多分収容所の外へ働きに出ているのだった。残っている者はてんでんばらばら、思い思いにゆっくりと歩いたり、大急ぎで駆けたりしながら往来していた。時々入口の近く、鉄条網で隔てられた反対側にある小さな建物から何か声が響き渡った。この声はすぐさまそれを耳にした者に受けつがれ、ずっと収容所の端から端までくりかえされていった。これが親衛隊員の*収容者看守を呼びだすやり方なのだった。この呼びだしの声は当の収容者が見つかって全速力で彼を呼んでいる親衛隊員の前に出頭するまで続くのだった。

　話をしたことのある床屋の男が大急ぎでバラックの一つから飛びだしてくるのが見えた。彼はちょうどドイツ人に呼ばれたところなのだ。だが彼は私の前までくるとちょっと立ち止まって私に様子をたずねた。事情を話すと彼は私のために成功を祈ってくれ、再び駆けだしながらこうつけ加えた。

「楽隊に入れたらあんたはここから生きて出られるかもしれないよ」

太陽が厚い雲を破って顔をのぞかせた。そのあたたかい光を浴びながら、私はこの光が何か良いことの前兆のような気がした。だがその次の瞬間私は心臓が凍りつくようなショックをおぼえた。二人の男が担架にひとりのもう動かなくなった男の死骸をのせて私の横を通っていったのだった。その死骸はすっ裸で、鉛色というよりほとんど紫色に変色し、腕はだらりとぶらさがっていた。顔は醜いうすら笑いを浮かべた顰《しか》め面《づら》をしてひきつったようになっていた。それは私が生まれてはじめて見た人間の死骸だった。だがそれが最後ということはありえないだろう。

「あんたはここから生きて出られるかもしれないよ」と床屋の男は言った。私はその言葉を信じたかった。私は悲観的な気持を振り払い、勇気をふるいおこして第十五棟に向かって歩きだした。

……………………

多分私も時間がたつうちにこの激しい対照にも慣れていくだろう。だがその時は私は自分の眼の前の光景に全く仰天し、目がくらんでしまったのだった。

第十五棟に足を踏み入れると、入口から十メートルほどの所に仕切壁があるのが見えた。この仕切り

＊収容者でありながら看守をまかされている者。

で部屋は建物の他の部分から隔てられているのだった。その仕切りにも、また他のいくつかの衝立《ついたて》にも、たくさんの楽器が大きさ順にたてかけられていた。バス・サキソフォン、トロンボーン、ホルン、サキソフォン、クラリネット、大小二種類のフルート等々がまず目に入った。一つの隅にはコントラバスが壁に立てかけてある。もう一方の隅には大太鼓が一つと打楽器一組。専用に作られたらしいいくつかの台の上にはアコーディオンやヴァイオリンのケースがきちんと置かれ、二つめの台には楽譜と五線紙が山のように積まれている。金管楽器はよく磨きこまれ、入口をぬけて仕切りの割れ目からもれてくる日の光を浴びてキラキラと輝いている。

すぐに私は先刻私に訊問したあの二人の威厳のある男に気がついた。直接私に口をきいたほうの男は机に向かって腰かけ、何か書き物をしているところだった。もうひとりのほうは本を読んでいた。他に三人の男がいて、先の二人とあわせ都合五人がこの〝事務局〟のスタッフのようだった。そのうちのひとりで、やせた、貧相な男がバラバラにしたアコーディオンの上にかがみこんでいた。彼の前には小さなテーブルがあって、その上に懐中時計とか目覚まし時計とか小さな秤《はかり》とか種々雑多な、大きさもまちまちな器械がところせましと置かれている。まっ赤に燃えた暖炉の横では、神経質そうな、みすぼらしい様子をした小さな男がソーセージとじゃがいもをあぶっていて、そこからプンとただよってくる匂いは私の鼻をたまらなく刺激する。三人目の男は眼鏡をかけ、前にひろげた楽譜に目を走らせながらしきりに書きこみをしている。

私はおずおずと挨拶したが、ぞっとするような沈黙しかかえってこなかった。この男たちは私が入ってきたのを認めた様子さえほとんどないようだった。いつまでたっても誰もそれぞれの仕事を中断しようとはしなかった。私は何と言ったらよいのか分からず、まして何をしたらよいのか見当もつかず、途方に暮れて入口の所にしばらく立っていた。それからおずおずと前に進んで部屋の真中まで行き、そこで立ち止まってひとりひとりこの男たち、つるつるに剃りあげ、磨きこんだ寄木細工の床みたいに輝く頭をしたこの謎めいた男たちを観察した。料理をしている小男を除いて、あとの四人は皆清潔で、エレガントで、上品で、うっとりするほどだった。時々眼鏡の男が私のほうに目をくれたが、全く何の表情も示さないのだった。私は何とかこの視線に好意の印のかけらでも見つけたいと骨折ったが駄目だった。

料理の男がいため物を終えて大きな白いボールによそうと銀の竪琴の男の前にまっ白な、もう何年も見たことがないほどまっ白なパンの大きなかたまりといっしょに持っていった。男はがつがつと食べ始めた。私は思わず顔をそむけて唾をのみこんだ。

その時誰かが突然私の鼻先にサキソフォンをつきつけた。

「吹くんだ！」と彼は私に命じた。

「早く！」

舌や吹き口の調節もそこそこに私は機械的に一つの節を吹き始めた。

「もう良い」とすぐ私は言われた。

眼鏡の男が眼の前に楽譜をさしだして今度はそれを吹くようにと言った。だがここでも十分準備時間がないために、この曲で私の合格は決まったと皆に印象づけられるほど楽々と吹いてみせることはできなかった。

「良し！」

さしだされた時と同様、いきなり楽譜はひったくられた。

部屋の掃除にかかった料理係の男を除いてあとの四人がドイツ語で何か話し始めた。私の取扱いについて話しているようだった。話は長びき、それにつれて私の不安はふくれあがっていった。だがとうとうこの秘密会議も終わり、銀の竪琴の男の腹心らしい白髪の男が私に寄ってくると、手真似でついてくるように言った。合格したのだと考えるべきなのだろうか？　男のあとからのそのそ歩きながら私は思いきってたずねてみた。

「そうだ、まず試しに見習いをやるんだ」と男は少しイライラした調子で答えた。

「早合点して喜ばないほうが良いぞ。まあ黙っていれば、そのうち分かる」

一時間の間またいろいろ新しい〝手続き〟にひきまわされたあと、私は清潔な下着とセーター、それにきちんとした縞服をもらってまあまあの格好になった。さらに、持物を皆没収されて以来はじめて靴を履くことができた。この思いがけない変化に私はすっかり元気づいた。私は新しい同僚の言ったことを注意して守り、あまりやさしい、励ますような言葉は聞かせてもらえなかったが、それでも何とかこの同僚たちから好意をもってもらうように努力しようと心に決めた。私は彼らが皆どうしてあんなに冷やかなのか、なぜあんなに偉そうにしているのか理解できなかった。私たちは皆同じ収容者同士、不幸を分けあう兄弟同士ではないのか？　私たちには何もお互いに話すようなことなどないというのか？

私は勇んで仕事にとりかかった。だいぶ錆びついてしまっているサキソフォンのテクニックを早く取り戻すために練習するよう言われていたのだ。私は小屋の中で練習してもかまわないと思って始めた。だがいくつか音階やアルペッジョを吹くと早速外に出ていけと言われた。他の連中の迷惑になるというのだった。

そこで私は外に出ると小屋の近くの小高くなった所へ坐りこみ、再び楽器にとり組んだ。横を通りすぎていく人たちがびっくりした様子でこっちを見たが、私はかまわずに続けた。鈍くなってしまった指の動きをまた良くするための練習からまず始めた。

数メートル離れたところに延々とコンクリートの柱の列が続いている。その柱は皆頭を内側に曲げられ、何本も平行して走っている有刺鉄線が張りめぐらされている。その向うにも同じような柵があって、それとこちら側の柵は一本の道で隔てられており、その道を時々収容者をのせた車をやはり収容者がひっぱっていくのが見える。この二番目の柵の向うには奇妙な生き物が動きまわっている。これらのちっぽけな生き物は一体大人なのだろうか？　それとも子供なのだろうか？　ボロや着古しの労働服をきて、彼らはシャベルやつるはしをふるったり、両手に一杯石やレンガをかかえてまるでその重みに押しつぶされそうになりながらよたよたと歩いたりしている。そのうちのひとりが私に声をかけて、柵越しにパンを投げこんでくれるよう頼んできた。

それで私はようやく気がついたのだった。何ということだろう、彼らは隣の収容所に住んでいる女性収容者たちなのだ。そうだ、間違いなく女なのだ。すっかり頭を剃られ、古い羊皮紙のようにかさかさの皮膚をして、骸骨のようにやせ衰え、恐ろしい容貌をした、縮みあがったこの生き物は。彼女らのうちの何人かが有刺鉄線のそばに寄ってきて、しきりに空腹を訴え、下着もなければ靴もないことを私に理解させようとした。私に向かってはれあがった足や、やせこけ、むきだしになった腿を示し、こう叫び続けるのだった。

「Brot――パン――Brot――パン」

親衛隊の制服が道の向うに見えた。すると途端にこの女幽霊たちはいなくなった。

私は一層力をいれて音階とアルペッジョに取り組んだ。

# 4　第五棟

何日か前から私はサキソフォンの練習に励むとともに、暇のある時は、私の新しい同僚の誰彼から言いつけられるさまざまな雑用をしてすごしていた。ちびの料理係は楽隊一のお喋りで、よく外まで私を捜しにきては話しこんでいった。彼は愛想良く私に話しかけたが、それでもあの私にはなぜだかよく分からない偉ぶった様子は変わらなかった。彼は私に楽隊の規律の手ほどきをするのを自分の義務と心得て、一生懸命私にいろいろなことを教えこもうとした。アリクスというのがこの料理係の名前だったが、アリクスのお陰で私は次第に楽隊の様子を知っていった。私たちの仕事の内容を教わり、それから私にとってもっと興味のあったこと、私がはじめてあの小屋――そこで彼らはほとんどの時間をすごしていた――に入っていった時そこにいた四人の男たちが何者かということも分かった。

竪琴の男は、私の想像していたように、楽隊の隊長でフランツ・コプカという名だった。何国人だかよく分からず――自分ではドイツ人だと言っていたが、実際の生まれは半分チェコ、半分ポーランドだった――政治犯[*]のつける赤い三角の印をつけていたが、彼の卑しく、けちな品性を知っている者は誰でも、一体この男がどんな違法の政治活動に加わっていたのだろうと疑問に思わずにいられなかった。またそれとは別に、誰でも、一体どんな縁でこの男が楽長に任命されたのだか不思議がっていた。という

＊アウシュヴィッツ収容所では収容者たちにそれぞれ、ここに入って来た理由に応じていろいろな印を服につけさせた。赤い三角はそのうち政治犯に分類された収容者につけられたもの。

のは、この男はこの職責に関して全く無能のようだったからだった。噂によると、彼はこの楽隊に最初はただの鼓手として入り、楽譜もろくに読めなかったということだった。楽員からはむろん、収容所の仲間たちからも嫌われていたが、ただ親衛隊員たちだけは国籍の点で彼を大目に見ていた。だがそれでも楽長として全く無能なこの男はしばしばとんでもないへまをやって、その結果、収容所の規則に従い、楽員たちも彼といっしょに体罰を加えられることになるのだった。

アリクスはコプカを口汚く罵ったが、コプカの三人の助手の話になると反対に口をきわめて褒めそやした。とくにハインツ・レーヴィンというすばらしい音楽家であると同時に楽器工で時計工でもある男は、アリクスの言葉によれば、弾ける楽器の名を言うより、弾けない楽器を数えるほうがてっとり早いほど多芸なのだそうだった。ハインツは生まれはドイツだがフランスで捕えられてここにやってきた。目下、彼はどこかでバラバラのまま見つかったアコーディオンを元の通りに組みたてるのに没頭していた。彼はどんなにこわれた楽器でも修繕できるという評判だった。彼は器械の仕組みを隅々まで正確に知っていた。それで彼は楽員としての仕事の他に、半ば公に、収容所のあらゆる時計の修繕をも請け負っていた。

ルシアンというのが数日前に私に訊問した男の名前だったが、この男はコプカが心を許しているただひとりの人間だった。彼は音楽家としては凡庸だったが、飛びきり淫らな恋愛冒険談と、堂々とした体格、それに何より空想にまかせて描きまくる春画——これは親衛隊員たちにも好評だった——のお陰でコプカのひいきを得ていた。またルシアンは音楽の面でもコプカが真底から愛している唯一の楽員だった。というのは、ルシアンはヴァイオリンやサキソフォンはまあまあの程度弾けるだけだったが、何よりもコプカの大好きなキャバレー音楽の類が得意だったのだ。よくコプカはルシアンを呼んで彼ひとりのために演奏させていた。そしてコプカは食事の度に、必ずこのお気に入りのために彼のまっ白なボールの底にいくらか料理を残しておいて、食べおえてくれるようやさしく頼むようにルシアンにさしだすのだった。たまたま楽長が小屋を留守にする時は、ルシアンが楽員たちの秩序や規律を統制する役目を言いつかった。だがこのルシアンの権威も、コプカのそれと同様、こと純粋に音楽技術の問題になるとすっかり形なしだった。ここまでくると、もうひとりの人物、アンドレ、眼鏡をかけた男の領分だった。

アンドレこそは真にすぐれた、完全な音楽家だった。彼の才能は事ごとに目立った。この楽隊にはピアノがなかったが、アンドレはピアノなしでどんな音楽の切れ端にでも和音をつけ、オーケストレーションすることができた。それも誰かの口ずさんでいるちょっとした歌の一節でもあれば十分で、その場で書きとめる暇がなければ、あとで記憶を頼りに思いだしてやっていた。楽隊の演奏曲のすべてにオーケストレーションを施し、練習を指揮し、演奏のさまざまな細部にいたるまですべてを仕上げるのが彼の役目だった。彼こそ私たちの演奏活動の真の推進者であり、この楽隊が収容所のドイツ軍人たちに認められていたのも彼の努力のお陰だった。コプカはアンドレを良く思っていなかったが、それは彼のアンドレに対する劣等感のためで、コプカ自身もそのことは良く分かっていた。アンドレのほうでもこの上司を好いているはずはなかったが、収容所の身分序列というものがある以上、コプカに対して敬意をもって服従しているかのように振舞わないわけにはいかなかった。楽員たちは皆、本当に楽長の能力をもっているのはアンドレひとりであり、コプカは本来なら太鼓叩きにすぎないということをよく承知していた。だがコプカは*アーリア系ドイツ人であり、アンドレはユダヤ人だった。これは他の何よりも優先する事実だった。

　この四人の男たちの関係はひどく複雑だった。まず職務上の上下関係があった。コプカは私たちの部隊の絶対的な長であり、いついかなる時でも、理由などあってもなくても、どの楽員であろうと追いだすことのできる権限をもっていた。彼は時々この特権をあまり濫用するのを控えたが、それはオーケストラに楽員が足りなくなって楽隊活動に支障をきたし、楽長の地位が危うくなるのを恐れたからだった。次にこの職務上の関係とは別に、それよりもっと重要なもう一つの関係があって、それが私たちを大きく支配していた。それはそれぞれの腕に彫られている番号で示される収容所の〝古参度〟だった。収容所ですでに長く暮らしている者は新入りよりも若い番号をもらっていたが、その場合、古参は無条件で絶対的な優先権を行使することができ、反対に、新入りのほうは軽蔑的に〝百万長者〟と呼ばれて最後尾に追いやられるのだった。古参は〝百万長者〟をこき使って、私用のために雑役をさせる権利がある。また彼らを殴ったり、罰することも自由で、要するに欲しいままのことをすることができるのだが、それに対して新入りは何も抗議することはできない。ドイツ人で番号は一一〇〇〇〇番台、おまけに楽長というコプカのような収容者は絶対権威者だった。彼に手をあげることができるのは親衛隊員だけだった。ルシアンとアンドレは同期の四九〇〇〇番台に属していた。ハインツは七四〇〇〇番台、アリクスは一〇三〇〇〇番台、そして私は一三〇〇〇〇〇番台だった。だからここでは私が〝百万長者〟なのだった。

これで、私よりたった三週間早く収容所にきただけのアリクスまで含めて私の同僚たちが私に対して示すあの偉ぶった様子の説明がついた。彼らが私に慣れ慣れしい口をきくのも当然だと私は悟った、私のほうで彼らはそんな口のきき方はできないのだが。

アリクスはまた私の採用試験の時初見のテストとして比較的やさしい楽譜がでたことの説明もしてくれた。私の試験に立ちあった三人の同僚は皆フランス人だった。それで彼らはコプカの無知――しばしば良いかもにされた――を利用して楽隊にさらにもうひとりフランス人を入れるようにしたのだった。私はこの同朋愛の行為にすっかり感激し、彼らの私に対する態度を恨んだことを悔んだ。あの態度は収容所という環境の中で生きていくために不可欠な外面《そとづら》というものであり、彼らの本当の性格とは全く別のものなのだ。そう私は信じて疑わなかった。

だが期待に反して私の生活条件は楽隊に入ったということで少しも良くならなかった。今まで通り、スープ一リットル、パン一かたまり、それにソーセージの切れ端かマーガリン、ないしマーマレード一匙というのが一日分の配給量だった。私はいつでも腹をすかせていて、食料が配給になると一度に全部食べつくしてしまい、とても翌朝のためにいくらか残しておくことはできなかった。それで私は四時半の起床から昼まで何も口に入れることができなかった。

＊ナチによって正統的ドイツ民族とされた人種。

アクリスの場合はもっとましだった。というのは、料理をする報酬として、彼は親方の分のスープ——コプカはこのスープが嫌いだった——をもらうことができたからである。

私はまだどこからコプカが自分用の特別料理のための食料を手にいれてくるのか知らなかった。彼の所にはしばしば、それもたっぷりと、ソーセージやマーガリン、時には肉や小麦粉、サッカリン、精製した砂糖まであるのだった。

アリクスは、三人の楽長補佐も大部分の楽員よりずっと良いものを食べているということを教えてくれた。彼らは明らかに良い暮らしをするための個人的な手段をもっているのだった。ハインツは時計修理で、ルシアンは彼のキャバレー音楽の才能と春画の天分を金に代えることで、アンドレはといえば、彼はいくつかの外国語に長じていて、それらの言葉を教えることで収入を得ていた。だが一体誰が彼らのお客なのだろう？　謎だ！

時々、これらの〝内職〟をめぐって悶着がおきた。コプカは、この三人の特権所有者が彼の寛容を良いことにして禁制の商売に身を入れすぎ、その結果彼らの長たるコプカに当局に対する重大な責任がかかってきていると言い張った。事実、収容所内の商取引は建前上は禁じられていて、違反した場合には厳しく罰されることになっていた。だがコプカの本当の魂胆が部下の内職に目をつぶる代りにその収益の一部をピンハネしようという卑しい目論見にあることは誰も承知していてひっかかったりしなかった。それでこの悶着も結局はいつも適当におさまって、何も外にもれたりすることはなかった。

私たちは原則として一日二回、朝、収容者部隊が収容所から働きに出ていく時と、夕方、彼らが帰ってくる時演奏した。この二回の楽務の間は、楽員たちもさまざまな野外労働に従事した。昼まで働いてスープをすすりに収容所に一度戻ってくるが、そのあと午後はまた仕事にでかけ、夕方は演奏準備のために一般収容者より三十分早く帰ってくるのだった。そして夕方六時から一時間、あるいはそれ以上続く点呼が終わるとようやく休むことが許された。

四人の楽隊幹部だけは小屋に残ったが、あとの者は強制的に働きに行かされた。彼らは演奏に行く時と〝用事〟のある時しか仕事からぬけだすことができなかった。アリクスについて言えば、料理係という彼の仕事は正規のものでなく、コプカの顔のお陰で彼はこの仕事にいられるのだった。それでコプカの機嫌次第でアリクスは小屋に残ることもあったが、何も料理するものがないような時は他の者といっしょに外に出された。またコプカ自身もよく日中姿を消した。誰にも行先は分からなかったが、帰ってくるとポケットやベレーにつめた食料をとりだして、アリクスかルシアンにそれでご馳走を作るよう命じた。時には手ぶらでしょげた様子で帰ってくることもあったが、そういう時はプリプリしながら坐りこんで、他の本と交換したドイツ語の探偵小説を読んだり、気をとり直して楽譜を出してくると、不器用な手つきで何小節か写しにかかったりした――とても使いものになるような写譜ではなかったが――。

私たちのオーケストラのメンバーは私をいれて三十五人いたが私は他のメンバーをほとんど知らなかった。というのは、まだ正式に入隊していないために私は元の小屋で寝起きし、点呼も小屋のほうで受けていたからである。それで私は大抵はひとりで私のサキソフォンと向かいあい、少しでも私の〝親分〃たちに満足してもらえるよう練習を続けた。

私は早くこのひとりぼっちの練習にピリオドをうって他のメンバーといっしょになり、本当に入隊したのだという実感を味わいたかった。それで、呼ばれもしないのにコプカの所に行くことはできなかったが、代りに、彼の助手たちに私は自分の気持をうちあけた。何日か前から私は彼らのうちの誰彼と話す機会を得ていて、彼らの私に対する横柄さも少しずつやわらいできていた。彼らは私に遠まわしな、なかなか分かりにくい言い方で、急ぐ必要もなければ他のメンバーをうらやましがる必要もないこと、私の状況は悪くないこと等ほのめかした。

だがこれらの〝父親らしい〃忠告にも安心できなかった私は、とうとうある晩コプカが私を呼びだしてアンドレと何やら喋ったあと、翌日から他のメンバーといっしょに働くようにと私に命じた時には飛びあがるほどうれしかった。

その晩私は第五棟に移った。そこで楽員は全員寝起きしているのだった。

私を待っている仕事については私は少しも心配していなかった。私はやる気十分で力にあふれていた。私はこの突然の生活環境の変化に有頂天になっていた。この変化とは、私にとっては、とりも直さず、楽員として正式にLagerkapelle（収容所音楽隊）に採用されたということだったのだ。

# 5　最初の演奏

夜はまだ明けていない。私たちが楽器をかかえて小屋から出ていくと、収容所をぐるりと囲んでいるコンクリートの柱の上にとりつけられた電球が弱々しい光を投げかけてくる。ほとんど気がつかないほど細かな雨がしっとりと降っていて、電球の光の中でキラキラと光っている。

私たちは中央通りに五人ずつの列を作って並ぶ。コプカはその少し前に指揮棒を手にして立っている。第一列にトランペットが五人、そのうしろに他の楽器が続く。最後列には大太鼓がシンバルとタンバリンにはさまれ立っている。さらにヴァイオリンが二列加わって私たちのオーケストラの編成は完全なものになるが、これは歩きながら弾くわけにはいかないのでケースを腕にあとからついてくる。

私たちのまわりにはさまざまな部隊のどれもかなりの人数のグループが集まっている。大半は小屋の間に立っているが、中央通りの脇や、小屋と収容所入口の間の広場に集まっているグループもある。

「前へ、行進!」隊長が響きわたるような声で私たちに命令する。途端に隊列が動き始める。掛声と同時にまずタンバリンが鳴り始めて行進のリズムをとり、そこに大太鼓とシンバルが入ってくると、今度は荒れ狂うような拍手を刻み始める。これが何かのドイツの行進曲の開始をつげる合図で、時々、大声で行進曲の名前が叫ばれる。

誰もこんなことを教えてくれていなかったので私はすっかり度肝をぬかれ、ただ機械的にサキソフォンを吹き続けた。他のメンバーがすっかり暗譜して演奏しているのを見て、私は、自分が演奏されている行進曲のただの一音も知らないのに絶望した。棒立ちになったまま私は耳を澄ませて懸命に音を聞きとろうとしたが駄目だった。太鼓の音がやかましくてメロディーがすっかり隠れてしまっているのだ。太鼓の単調なリズムには聞きおぼえがあった。何日か前に遠くから聞こえてきたリズムだった。それは私の記憶の中に焼きついていた。ドーン、ドーンという間をおいた二つの音の次にドンドンドンという急調子の三音がくる。二打それから三打、二、三、二、三……。

こうして私たちは数分間行進する。収容者たちを五人ずつの列に並ばせている黄色い腕章をつけた男たちがうれしそうに拍手を送っている。やがて譜面台のある場所までくると、コプカがせかせかと指揮棒を上下して止れの合図をする。すると楽員たちはそれぞれの席に急いでつく。私も何とか自分の席を見つけることができた。楽譜が皆に急いで配られ、ヴァイオリン奏者たちは楽器をとりだす。私は楽譜をひろげて最初の曲に目を通すが、まだ夜があけず、電燈の弱々しい光しかないために音符の見分けもつかない。私があわてているのを見て、隣りに坐っているフランス語の上手なギリシア人のフルーティストが、収容者たちは日が登ってからでなくては出発しないから、それまでは行進曲以外の別のものをやるのだと説明して、おちつくようにと言ってくれた。

ひどく寒かったが私たちはいつもの上着しか着ていなかった。それに対してコプカは銀の竪琴の縫いとりのある短い外套を着ていた。彼は上機嫌の様子で黄色い腕章の男たちとしきりに冗談を交していた。この男たちは私たちの所に寄ってきてはコプカに煙草をすすめるのだった。やがて彼は快活な声で曲の名を告げると指揮棒を振りかざす。雨がだんだんひどくなる。

オーケストラは先刻の行進曲同様、全然私の聞いたことのないタンゴを演奏し始めた。私は知っているような振りをしてもしょうがないと思い、楽器を前に置いた。だがそれに気がついたコプカは私の所に降りてくるといきなり平手打をくれた。これを見た楽員たちは一斉にドッと笑った。コプカは私に向かって怒鳴った。

「馬鹿、吹くんだ！」

私は思わず、この曲を知らないことを言おうとしたが、となりの男に膝でつつかれて、そんなことを言えばさらにへまをやることになるだけだと気がついた。私はどんな結果になるかびくびくしながら、何とかタンゴを吹いているような真似をするより仕方なかった。私は楽長の探るような目が私に注がれているのを感じていたが、間もなく、予期しない邪魔が入って、私はこの拷問から解放された。

鉄条網の向うから親衛隊員のひとりが大声で演奏をやめるように命令してきたのだった。コプカは声のしたほうに駆けていくと、立ち止まって日の打ちどころのない気をつけの姿勢をした。誰かが何か怒鳴っているのが聞こえた。コプカは全速力で戻ってくると、今度はトランペットに向かって新しい曲の名を言った。また演奏が始まった。驚いたことにそれはまだ私が自由の身だった頃好きで良く聞いていたバンドのお得意のジャズ・ナンバーだった。オーケストラのうちの一部だけでそれは演奏されたが、このメンバーは明らかに最良の楽員たちだった。彼らはこの種の曲を得意としているようだった。コプカも彼の本領を発揮していた。彼は指揮棒を置き、片手の二本の指だけで指揮していた。膝を左右に動かしてこのとりどりの国籍の名手たちの真似をしているつもりのようだった。まるで部下たちの目のまわるような即興演奏をリードしているのは自分だとでもいうような様子だったが、そのすっかり自己満足した表情から判断すると、本当にそう信じているようだった。

拍手と喝采の大騒ぎのうちにこの曲が終わった頃には、ようやく夜が明け始めていた。中央門の両方の扉が大きく開かれると、親衛隊員のひとりが叫んだ。

「進め！　音楽！」

これをきっかけに私たちは最初の行進曲を開始した。今度は譜面台にひろげた楽譜を見ながらの演奏だった。収容者の列が私たちの前をリズムにあわせた歩調で通り始め、次から次へと収容所の外に出ていった。どの部隊の先頭にも例の黄色い腕章の男たちがひとりずつついていたが、その腕章には黒く太い字でその身分が記されていた――カポ。門のところに立っている親衛隊のグループの前までくると、カポはそれぞれ彼の部隊の番号を大声で告げ、それと同時に収容者たちは儀礼に従って一斉に、まるでひとりの人間のように一糸乱れず脱帽するのだった。親衛隊員のほうはどんどん列が進んでいくにつれてその数を教え、丁寧に記録に書きこんでいた。

だんだん激しくなる雨で楽譜が濡れ、インクで書かれた音符が流れ始めた。コプカはヴァイオリニストたちに彼らの楽譜をしまい、皆の楽譜を集めるように指示した。また暗譜で演奏しなければならなかった。つまり私にとってはもう一度パントマイムを始めるということだった。太鼓は相変わらず間をおいて二発、急調子で三発という具合にやっていた。そして収容者たちのほうも親衛隊の前へくると脱帽し、親衛隊員は収容者の数を数えていた。

私たちはいよいよ本降りになってきた雨の中でなお倦むことなく行進曲を演奏し続けた。私は体の芯までびしょ濡れになり、サキソフォンの至る所から水が流れおちた。曲を知らなくても同じだった。どっちみち、この雨の中でどんな音もサキソフォンから出てくるわけはなかった。大半の楽員たちは水びたしになった楽器と必死に格闘していた。その中で金管楽器とシンバルだけが何とかおしまいまで演奏を続けてこの場を救った。

最後の部隊が出ていってしまうと私たちは演奏をやめ、急いで席を離れて通りに並んだ。タンバリンがまた例のリズムを始め、大太鼓とシンバルが続いた。やがて別の軽快な行進曲が鳴り始めるのを合図に私たちは私たちの小屋へ戻り始めた。

やっと部屋の中に入って私たちはまず丁寧に楽器をぬぐい、きちんとしまった。次に私はどうしたら体をかわかせるのだろうと考えた。アリクスが暖炉のまわりでゴソゴソしているのを見つけて、私も火をおこす手伝いをしようと彼に近よった。だがコプカはこの思いつきを実行に移すだけの時間を私にくれなかった。

「早く！　外へ行くんだ！　仕事だ！　誰もここにいちゃならん」

一体何の仕事のことをいっているのかも分からずに、機械的に私は小屋を出た。同僚たちはすっかりあきらめた様子でもう中央通りに出ていた。それで私は、わざわざ命令など与えられなくても彼らは黙って外にでるのだということを理解した。それが習慣なので、いつもこうであるに違いなかった。

アリクスもすぐに出てきて私たちに加わった。小屋にはただ四人の特権所有者だけが残った。

# 6 《まだ八時半だ！》

私同様雨のためにすっかり凍えきった仲間について収容所の端まで歩いていくと、二台の馬車が鉄条網の脇に横づけされていた。ここで私たち三十人からなる別働隊は二つのグループに分かれてそれぞれの場所にわりあてられた。どちらの馬車も大型なうえに、一見してひどく動かしにくそうな車で、これをひっぱるにはどうしても馬が二頭はいるように見えた。ところでこの時この馬の役を果たすのは私たち自身だった。十四人が車を動かすのにまわり、十五番目の男がそれを見張るということになっていたが、この見張り役は楽長が決めていた。十四人のうちでは、まず二人が梶棒の係になり、六人が車体にとりつけられた鉤にひっかけた綱あるいは針金をひっぱり、残りで脇、あるいはうしろから車を押した。

私たちのグループの見張役になったのはバリトン・サキソフォン奏者だった。これは最近収容所にきたばかりのがっちりした陽気な男で、同僚としても楽員としても買えなかったが、見張り役としては申し分なかった。車がぬるぬるした泥の中にはまりこんでいたので私たちはそれをひっぱりだすのにひどく苦労したが、この監視人は私たちをののしり、素手は使わずに、手にした棒で殴りつけた。それでも車は一向に動こうとしなかった。

この時、ひとりの親衛隊員が遠くにみえた。その瞬間、まるで何か神秘的な力にうながされでもしたかのように車がグラリと動き、私たちはそのまま中央通りまでひっぱりだすことができた。この通りはかなり傾斜していたので、私たちの仕事はそれからは目に見えて楽になった。収容所の門まで無事に達すると、形式的な人数検査があり、それがすむと私たちは外に出た。

そこはデコボコ起伏し、方々に車輪の跡や水たまりのあるぬかるみ道だった。度重なる障害で私たちの行進はひどく難儀なものとなった。登りにかかって車を押しあげなければならなかったり、逆に下り道を転げおちないように車をひっぱっていかなければならない時は、倍の力が必要だった。車輪がしょっちゅう粘土質の土の中にはまりこんでしまうので、その度に、私たちは素手でスポークをつかみ、ひきずりださなければならなかった。一メートル進むごとに私たちは立往生し、殴られ、悲鳴をあげた。殴るのは見張り役ばかりでなく、通りがかりのドイツ軍兵士にまで私たちは蹴ったり、叩かれたりされた。その上いよいよ激しくなった雨のために私たちの仕事は一層困難なものになった。私はもうぐしょ濡れになっていたが、それが雨のためか、それとも汗のためか、もう分からなかった。下は膝まで泥の中にはまっていて、ズボンは泥づめのようになった。進んでいけばいくほど道はますます障害だらけになった。皆で力を合わせたお陰でようやく難所をきりぬけられると思った瞬間、仲間のうちの何人かが脱落し、それで元に戻ってしまうこともあった。

今何時なのか誰にも見当がつかなかった。時々誰かがこんなふうに言うのが聞こえた。

「まだ昼じゃないのか？」

昼！　昼がくれば一時間の休憩となり、スープの配給があるはずだった。あまりにのろのろと時間が進んでいくので、私たちはもうそろそろ昼でも良い頃だと思っていた。十一時ぐらいか、いや十一時十五分ぐらいにはなっているのではないか？

私たちは採石場の見える所までたどりついた。別の部隊の五十人ほどの収容者が穴を掘ったり、砂利石を運びだしたりして働いており、もう地面には大量の砂利が散らばっていた。私たちは近くに放りだされているシャベルを使って、この砂利を私たちの車に積みこむのだった。

ここは吹きさらしの野原の真中だった。雨の上に恐ろしい風が加わった。私たちは、十分な数のシャベルがなかったので、交代で積みこみの仕事をしたが、働いていない時は余計寒さが身にしみた。それで順番の終わった者は泥の中で足ぶみしたり、激しく腕を肩に打ちつけたりして何とか温まろうとした。

やっと車がいっぱいになると、私たちは今度はこの積み荷をあけるために収容所に戻らなければならなかった。私たちは昼までに帰りつけなくて、スープを取り逃すことになるのではないかと不安だった。もうくたくただったが、砂利を一杯につめこんだ車を進ませるには往きの時とは比較にならないような力を振りしぼらなければならなかった。こうして帰りは十倍も押したり引いたりし、方々から殴られ、悲鳴をあげたのだった。

私たちはもうすっかり疲れ果てた格好で収容所にたどり着き、車の荷をおろし始めた。仲間のひとりがちょっと仕事を離れて、まだ昼食の配給が終わってしまっていないかどうか聞きに行った。やがて彼は走って戻ってくるとこう私たちに叫んだ。

「まだ八時半だ！」

この日はこうして私たちは収容所と採石場の間を朝に三度、午後に二度、計五度往復した。牛や馬でも音をあげるようなこの仕事に精も根も涸れはてて、足はがくがく、着物も手も顔も泥だらけという有様で私たちは収容所に戻った。やっとのことで荷をおろした車を片づけにいくと、そこにはもうコプカがやってきていた。私たちの帰ってくるのを待っていた彼は大急ぎで体をきれいにするように命じた。収容者部隊が帰ってくる時刻だったから私たちはまた演奏しなければならなかったのである。

どうやって体をきれいにしろというのだろう？　私は他の連中がどうするか眺めた。彼らはまず木の切れ端や小刀や匙を使って服にこびりついた泥をけずりおとすと、次に収容所の方々によどんでいる水たまりの水をすくってきて、それで泥のあとを洗った。結果はみじめなものだったが、私も彼らの真似をして、何とか彼らと同じ程度に身仕度をととのえた。

私たちに楽器を渡す前にコプカは丁寧に身体検査をした。

「何て不精者たちだ」と彼は私たちをどなりつけた。「お前たち、一体どんな格好をしていると思っているんだ？　俺を見ろ、それからよく自分を見てみろ！」

事実、こうしてくらべてみると、明らかに彼のほうに分があった。彼は清潔で、エレガントで、すっかりめかしこんでおり、長靴はピカピカに磨きこんであった。私たちはというと、あんなに一生懸命泥をけずりおとしたにもかかわらず全くみじめをきわめていた。

だが私たちはもうこれ以上のことをする時間がなかった。演奏を始めるよう呼び出しがかかっていた。

こうしてまた私たちの演奏する軍隊行進曲の勇壮な響きが収容所いっぱいに響きわたり始めた。そして私たちの前を収容者たちの列が朝とは逆に流れ始める。だが朝とは何という違いだろう！

カポと班長を除いてあとの収容者たちは皆頭を垂れ、肩をおとし、あえぐように歩いていた。殴られた跡を残している者もいれば、歩けなくなった仲間を支えている者もいた。一部隊の終りまでくると、ほとんどと言って良いほど、まだいくらか力の残っている者が荷車や手押し、あるいは即席の担架にのせて動けなくなった者を運んでいた。時々、とくにあまりにたくさんいて教えるのが大変な時など、これらの死にかかりたちは乱暴に地面へ投げおろされ、数を数えてからまた積みこまれた。これは帰ってきた収容者の人数が生きているのも死んでいるのも合わせて、朝出て行った時に記録しておいた人数とぴったり一致しなければならなかったからである。

夕方の儀式は朝よりだいぶ長く続いた。私たちは最後の部隊が入り終わるまでにぎやかな行進曲を演奏し続けた。

約一時間続いたこの点呼が終わると、私たちはそれぞれやっと一かたまりのパンとマーガリンの配給をうけた。七時だった。それから九時の就寝までの二時間は自由に使えるはずだった。

私は配給の分をがつがつとむさぼり食った。もうとても隣りの者と口をきくような元気はなかった。ただ横になって休み、できるだけ早く、今しがた自分の経験してきた一日を忘れてしまいたいだけだった。

体も心もすっかりしびれたようになりながら、私は一体あと何日こんな境遇に耐えることができるだろうかと思った。

# 7　ムッシュー・アンドレ

消灯前になると小屋の中が急にざわざわし始め、人が行ったり来たりして、寝床の中で何とか眠ろうとしていた私の邪魔をした。それで私は眠れないままに頭の中で過ぎ去った一日の重苦しい一こま一こまを思いおこした。これからこんな日がずっと続くのかと思うと、私は恐怖心でいっぱいになった。どんな方法で手に入れたのだか知らないが脂肉いりの大きなパンにかじりついている男たちが見えた。がっちりした体格をし、血色のよい丸々とした頬をしたこの男たちを私は羨望のまなざしで眺めた。これだけのものを食べられるなら、これほど健康な様子をしているのにも不思議はなかった。それから今度は私の前を行ったり来たりしているたくさんの骸骨のような人影を眺めた。彼らは私同様一度に配給分全部を食べてしまわなければおさまらない連中だった。私が彼らのようにやせこけるまであと一体どれほどの時間があるだろう。

不意にアンドレが私の横を通って行くのが見えた。そんなつもりもなかったのに、私は反射的に目をつぶり、眠っている振りをした。すると「どうだ？」という声が上からしたので、私はハッと目をあけた。だがその時にはもうアンドレは彼の寝床のある廊下のほうに歩き去ろうとしていた。

なぜだかは分からないが、この何ということはないひと言が私の体の芯まで動かした。機械的に、まるでバネに弾かれたように私は飛び起き、アンドレのあとを追った。

彼は私がついてくるなどとは思っていないようだった。私は、こっちに背を向けて着物を脱ぎ始めたアンドレに思いきって「ムッシュー」と声をかけた。それでやっと彼は私に気がついた。彼は上着を脱ぎながら、ぶっきら棒に、私を傷つけるような乱暴な調子で言った。

「俺をムッシューなどと呼ばないでくれ。何の用だ？」

私はまごついた。何と彼に答えたら良いか分からなかった。本当のところ、私は自分で自分の言いたいことすら分かっていなかったのではないか？　彼にはそのことが分かっていたのではないか？　彼は私の悲しみに気がつかないのだろうか？

彼は黙って着物を脱ぎ続けていた。セーターを脱ぎ始めて、頭がその中に隠れた時、毛糸の下から彼はこう続けた。

「さあ、何だ？　早く言え」

私は言葉に窮して口ごもった。

「あの、あの、……ムッシュー……」

「俺はアンドレっていうんだ」彼は乱暴に私をさえぎった。

「あー、ムッシュー・アンドレ……、いやもう駄目です」

私は何かが自分の中で崩れおちるのを感じた。そしておいおいと泣き始めた。

突然、私の顔の上に音をたてて平手打ちが飛んだ。魔法にでもかけられたかのようにぴたりと私の涙は止まった。頬が燃えるように痛んで、今までのくずおれるような気持などはどこかに吹き飛んでしまった。また沈黙が続いた。本能的に私は頬をなでていた。アンドレはズボンを脱ぐと寝床の中にもぐりこんだ。何枚も重ねた毛布をきちんと体の上に掛けながら彼はまた口を開いた。

「もう駄目だ？　よし、事は簡単だ。向うをみろ、そうだ、鉄条網だ。あれには高圧電流が流れている。あそこに行ってさわってみるんだ。それでケリがつくさ」

私は彼の言いだしたことが何だかさっぱり分からなかった。だが不思議なことに、彼のぶっきら棒な物の言い方を聞いていると、少しも彼に気づかいしたりする必要がないように思えた。

「お前、いつからここにいるんだ？」とアンドレはあの私を傷つける調子で聞いた。「さあ、答えろ」

「十一日前からです」

「俺はもう一年半だ。それで外では何日もう働いたんだ？」

「きょうがはじめてでした」

「それでムッシューはもう音をあげたってわけか？　俺は六十日あれをやったんだ。一九四二年のことだ。それも〝楽員〟としてじゃないぞ」

彼は、あたかも自分がその一員ではないかのように軽蔑をこめて〝楽員〟という言葉を強調した。彼は、楽員の野外労働が他の部隊のそれとはくらべものにならないくらい楽なのを言いたいらしかった。

「お前、一体自分がどこにいるのか分かっているのか？　お前はまだ生きて息をしている。それ以上何が欲しいっていうんだ？　他の連中はもう灰になっているんだ。お前にはそのことがよく分かっているのか、え？　それで一体何が不服なんだ？　お前は音楽隊にいる。ここにいれば、他のどこにいるより、何とか少しでも長く生きのびるチャンスがあるんだ。お前、セーターをもらったな？　俺もだ。だがこんなことはここに俺がきてからはじめてのことだ。そのうち外套と手袋ももらえるだろうが、去年の冬はそんなものも全然なかったんだ」

彼は悪い思い出を追い払おうとでもするかのように、しばらく黙っていた。

「俺は寝る」やがて疲れた様子でアンドレは言った。「だが気をつけろよ、二度と泣いたりしないことだ。ここでは泣いちゃならない。さもないともう永久に泣きやめられなくなるからな。いつか機会があったら、今の収容所なぞ、一年半前にくらべたらサナトリウムみたいなものだってことをお前に教えてやろう。さあ帰れ！」こう彼は言いおえると寝るためにぐるりと背を向けた。

私は自分の寝床に帰り始めた。私には自分が依然としてどうしようもない状態にあるのが分かっていた。アンドレが私にしたお説教も私にはほとんど通じなかった。サナトリウムだって？　彼は私を馬鹿にしているのだろうか？　私は頭の中で、明日も明後日もこれから何日もひっぱらねばならないだろうあの石を積みこんだ車を思い浮かべた。

私は茫然としていた。だがその時私を呼びかえすアンドレの声が聞こえて、私はわれにかえった。彼の所に戻っていくと、アンドレはソーセージをはさんだ大きなパンの一切れを私にさしだした。

「ああ！　ムッシュー・アンドレ……ありがとう、ありがとうございます」贈り物を手にしたまま、これだけのことを口ごもりながら言うのが私には精一杯だった。アンドレはじれったそうに手を動かして、こんなことなど何でもないことなのだと私に分からせようとした。

「ところで、お前」と彼は話を変えようとして言った。「音楽の他に何かできることはあるのか？」

「ちょっとしたことなら……縫物とか……」

「よし！」と短く言うと、彼はちょっと考えたあとで私の言ったことを書きとめた。「今はもう寝かせてくれ。だが、言っとくが、今度また俺のことをムッシューと呼んだらお前の頭を叩き割るからな」

「おやすみなさい……アンドレ……どうも本当にありがとうございました」

私には彼が私の言うことを聞いていたかどうか分からなかった。彼は返事もせずに毛布の中にもぐりこむと、もう頭までそれをひっかぶっていた。

私はすっかり変わっていた。急に今まで眠っていた気力がすべて蘇ってきた。石を積んだ車も、雨も、労働も、殴られることも、何ももう恐ろしくなかった。ただアンドレのぶっきら棒な声だけが私の中では響いていた。これは夢なのではないかと私は疑った。

だが両手にしっかりと握りしめているこの貴重な贈り物が、今私の経験した出来事が現実であることを生き生きと証明していた。

# 8　同僚たち

私の横の席でいつも演奏しているフルーティストと私は、小屋でも三段ベッドの一番下の寝床でいっしょに寝起きする隣り同士だった。

彼はトゥールーズ大学で医師の資格をとると同時に、そこの音楽学校でフルーティストとして賞をとっていた。それでここでは楽隊に属すると同時に医者としても働いていた。どうやって手に入れたのかは分からないが、仕事用の小さな医療具袋を持っていて、藁蒲団の下に注意深く隠してあるボール箱にそれをしまっていた。

私たち大半の者は作業中よくけがをしたので、ドクター——こう私たちは彼をよんでいた——の所には患者が絶えなかった。それも楽員ばかりでなく、小屋の他の連中もやってきた。治療のお礼には何がしかの物を置いていくことになっていたので、彼のボール箱には、ヨード・チンキやオキシフルの他にいつも豊富な貯えがつまっていた。

ドクターは、彼と同時期に収容所にきた同国人のアコーディオン奏者ミシェルと大の親友だった。私は彼らが二人してよく鉄条網をめぐらした柵の所につっ立ち、女性用のキャンプのほうを眺めているのを見かけた。ドクターは娘が、ミシェルは二人の妹が向うにいるのだった。暇を見つけては彼らはここにきて、もし肉親たちがあらわれたら声をかわし、鉄条網越しに食糧を投げこんでやろうと待っていたが、大抵はこの期待も無駄に終わるのだった。

もうひとりのギリシア人であるヴァイオリニストのディミトリは、やはり私と同じ仕切りの、ドクターとは反対側の場所で寝起きしていた。ディミトリは大変なヘビー・スモーカーだった。大部分の楽員は煙草をきらしていて、何とか少しでも手に入れるためには並はずれた努力を払わねばならない状態だったが、その中で彼だけはいつも煙草を絶やさなかった。それは、煙草を吸いおわろうとしている特権所有者からそのお余りをもらうために、誰も太刀打ちできないようなしつこさでせがむからだった。誰か煙草を吸っている者を見つけるやいなや、彼はそのそばに近よっていっておもむろに自家製の木で作った灰皿をとりだし、無邪気に指でもてあそび始める。こうなると、最後にはいやでも相手はこれに気がつき、彼に吸さしの最後の五ミリを恵んでやらないわけにはいかないのだった。ディミトリはギリシア語しか知らなかったが、彼独特の身ぶり手ぶりで誰にでも彼の意を通じさせた。それで彼はほとんどの場合、皆の羨望する吸いがらを手に入れるのに成功した。私たち一同で車をひいて出かける時は、いつもディミトリは一定の位置を占めた。この位置を確保するためには殴り合いさえ彼は厭わなかった。その位置とは行手におちている吸がらを最初に見つけるチャンスのある場所だった。ここから彼は絶えず前方を見張っていて、何か吸さしに似たものが目に入ると、たとえ車の下敷きになったり罰を受ける危険があってもひるまずに車を離れてかけだし、目ざすものに突進するのだった。収容所に帰ってくと彼の小さなカンは煙草の吸かすでいっぱいになっていた。

私たちの楽隊で最も注目すべき才能の持主のひとりは疑いもなくアンリだった。彼は天才的なヴァイオリニストで、大演奏家たるにふさわしいレパートリーをそらんじていた。十四歳で収容所に入ってきたアンリは、この才能のおかげで、最初のうちは次々とやってくる試練を乗りきってきた。お偉方たちは彼に手厚い保護を加え、演奏のお礼にあらゆる種類の贈り物を惜しまなかった。

しかしそのうちに少しずつ気がゆるみ始めると、アンリはしだいに投げやりで気ままになり、自分のコントロールがきかなくなって、最後にはすっかり気分屋になってしまった。新しく楽隊に入ってきた私を見つけるとすぐに彼は私の所にやってきて友情を結び、いろいろ途方もないことを約束してくれたが、これは三日続いただけだった。四日目にはもう私など彼には全くどうでも良い存在だった。これには私もすっかり失望したが、それを見たドクターは、アンリの友情というのは決して長く続いたためしがなく、オーケストラに誰か新入りがあると、必ずこれがくりかえされるのだと私に教えてくれた。

アンリは彼の音楽的才能を種にしていろいろ手びろく取引をし、物を手に入れていたが、時には人の物を盗んだり、詐欺を働いたりもした。彼の近くで寝起きしている連中はしばしば持物をあらされており、現場を押えられることこそなかったものの、犯人が誰かということは周知のことだった。ところがその合間には突然施しをしたいという衝動がアンリを襲うことがあり、そういう時には、彼は自分の富をばらまいてしまうのだった。そしてこの恩恵に浴した楽員のうちには、こうして気前よく提供されたものの中に、ちょうど数日前自分のところからなくなったものを発見する者もいた。だがこうではあっても、誰もアンリに恨みをいだく者はなかった。彼がヴァイオリンを弾きだしさえすれば、誰ももう彼を許さないわけにはいかなくなるのだった。

アンリは、プロネクという名の一番上手なアコーディオン奏者に伴奏をつけてもらっていた。ポーランド軍の前線で戦闘中、膝に砲弾の破片をうけて負傷したこの男は、そのために足が曲がらなかった。だがこれだけのハンディキャップを負いながらもプロネクは何とか収容所で生きのびてきたのだった。私たち楽員の中で彼ほど音楽というものがあることによって命を助けられている者はないと私は思った。彼は体を使う仕事はほとんど駄目で、いつでも私たちといっしょに働きにでないですむよう隠れていなければならなかった。だが必ず隠れおおせるというわけではなかったから、見つかって外へ出される時は、私たちが何とかしてこの彼にはきつすぎる苦役からプロネクを助けてやるより仕方なかった。私たちは彼が不具であるのが見つからないようにいろいろ努力した。演奏しながら行進する時には、両側から二人の同僚がプロネクをはさみこんで、彼の存在が目立たないようにするのだった。

…………

この楽隊ではどれほど技量がすぐれていても、決して〝古参度〟によって決まっているあの身分序列をとびこすことはできなかった。とくに私は〝百万長者〟だったので、ほとんどの楽員から、命令をうけるとまではいかなくても、いろいろな気まぐれの相手にされた。彼らは機会あるごとに私をつかまえては、私よりいくらか登録が早かったというだけのことを理由にして、兄貴風を吹かすのだった。だが、小気味よいことには、彼らも彼らでまた自分よりも古参の連中には頭があがらないのが私には分かっていた。この序列はだんだんのびていき、私たちの楽長、私たちすべての運命を握っている親分、フランツ・コプカにまで達しているのだった。

だがコプカをも含めて、私たち全員の上にはさらにもうひとり、より身分の高い男がいた。これは最古参の収容者の中からドイツ軍当局によって指名された収容所の一種の管理者で、この〝収容所元老〟フランツ・デニシュを見ると、私たちはひとり残らず震えあがった。彼もコプカ同様半分ポーランド半分ドイツ領シレジアというはっきりしない出身だったが、収容所に入った時から数知れない密告によってまたたくうちに親衛隊員の信頼をかちえたのだった。彼のめざましい出世ぶりは、収容者仲間のつきることのない話題だった。

ちょっとした違反でも目ざとく見つけて報告してくるフランツ・デニシュの働きぶりを高く評価して、ドイツ軍では収容者たちの監視の強化を計るためにまず彼を一つの小屋の長に任命した。そのうちある日、服務規則の違反があったにもかかわらず誰が違反したのか分からないということがおこった。これを不満に思ったドイツ軍のほうでは、小屋の長全員にそれぞれ二十五回の鞭打ちを加えることに決定したが、デニシュの番がくると、彼は打たれるのを拒否して、刑に立ち会っていた親衛隊員に向かい、こう言った。

「私を打つっていうんですか？　なぜです？　このことがおこったのは小屋の長の責任じゃなくて〝収容所元老〟のせいじゃありませんか。きゃつがちゃんとしていないんですよ。私をきゃつの代りにしてくれませんか。そしたら、もう、どんなちっぽけな違反もおこらないようにしてみせます。何日かうちにここを模範的な収容所にしてみせてご覧にいれますよ」

ドイツ人たちはこの収容者のとんでもない申し出にびっくりしたが、結局、彼が投げつけた挑戦を受けることにした。デニシュは罰されず、逆にその場でこの名誉ある職に任命された。

　フランツ・デニシュは約束を果たした。最下等の者から最高の特権所有者まで、あらゆる収容者が、彼がちょっとでも遠くにあらわれるや否や戦々恐々とするようになった。そして彼は、前任者たちの誰もがやれなかったことを実現した。彼は恐怖政治を完成したのだった。

# 9《体は休めて、目で働け》

アンドレとの間にはじめて心の通いあう友情を経験してから、私は少しずつ最初のどうしようもなく気のくじけた状態をのりこえていった。肉体的には、アンドレが、キチンキチンというわけにはいかなかったが時に応じて栄養に富んだ食料を持ってきてくれたお陰で、相変らず定期的に続けていたあの辛い作業にも耐えることができた。精神的には、時々アンドレと交す短い会話が私を助けてくれた。通りがかりに彼がちょっとかけてくれる何気ない言葉がしばしば私を支えてくれるのだった。彼は依然として私との間にある距離を置いていたが、私のほうでは彼の中にひとりの友人を、ひとりの保護者を見出していた。

あの晩の翌日から、彼は私を、何人かの特権所有者とともに小屋に残って、楽員たちに配給する冬外套に番号を記した布きれを縫いつける作業をやらせてもらえるようにはからってくれた。これによって私は肉体労働から免除になった。何日かたつと、今度は、外套の代わりに、演奏用に特別に私たちに配給になった服に番号入りの布きれを縫う仕事が与えられた。戸外労働から逃れることのできるこれらの貴重な時間のお陰で私は体力を維持し、それを使い果たしてしまう時がくるのをひきのばすことができた。アンドレはまた見張りの収容者や親衛隊員の目をごまかして適当に仕事をさぼるやり方も教えてくれた。このやり方を習得するのにアンドレは何度か危ないところで命拾いをしたのだと言っていたが、私は次第次第にこつを覚えて、仕事場の様子をこっそりうかがっては、監視のちょっとしたすきを盗んで手を休めることができるようになった。ほんのわずかな時間でもこうして休めば結局はずいぶん体の楽になるのだった。〃体は休めて、目で働け〃というのがアンリがいつも私に言っていたことだった。

私たちは、時々、特別に、消毒にまわす衣服の運搬とか、収容所の中の掃除とか、小屋のまわりをきれいにすることだとかという類の楽な仕事をまわしてもらうこともあった。別の時には、となりの収容所へ板や土を運びにやらされたり、また逆にもってこさせられたりもした。日曜は、きまりでは休日ということになっていたが、実際にはきまり通りというわけにはいかなかった。が、それでも、週日よりましなことは確かだった。この日には、どうでもよいような雑用をやった。裏がえしにした上着で土を運んだり、いつまでやってもきりのない〃虱《しらみ》とり〃をしたり、収容所内でできるいろいろな臨時作業をやらされるのだった。

朝と晩の演奏は、氷が張ろうと、雪が降ろうと、風が吹こうと一切かまわず、どんな天気の日でも変りなく続けられた。私たちの演奏ぬきで収容者部隊が収容所から出ていったり、帰ってきたりするというのは、ドイツ人たちには考えられないことのようだった。霧のある日は、それが晴れるまで収容者部隊は出発を止められた。霧のために逃亡が容易になるからである。そういう時は、行進曲開始の命令があるまで私たちは延々と何か気晴らしになるような曲を演奏し続けなくてはならなかった。

すっかり雪におおわれて、それでも、目の前の凍りついた骸骨や死骸のような男たちの陰鬱な行列に活気をつけるために熱をこめて楽器を吹きならしている収容者楽隊――それは何と珍奇な光景だったろう。だがやがてこの光景も、私を含めてそこにいあわせる人間にとっては珍奇でも何でもない、当り前の、なじみ深いものになった。

極端にひどい天候の時にはこの辛いエキジビジョンを猶予してもらえるという許可を私たちがとりつけたのは、ずいぶんあとになってから、それも楽長のたくらみによってようやくかなったことだった。

…………………………

しばらく前から、コプカは当局とかけあって毎週二回、午後だけだが、定期的な練習時間をとりつけるのに成功していた。それまでは、私たちの上長の機嫌の良い時でなければ私たちは練習時間をもらえなかった。この改革は、ドイツ・オペレッタからの抜粋曲や、有名なナチの宣伝映画*《クワクス》の中で使われ、ドイツ中にひろまった《Heimat deine Sterne（祖国、汝が星よ）》を私たちに演奏させて聞きたいという Lagerführer（収容所長）シュヴァルツフーバーシュヴァルツフーバー自身の意向によるものだった。自分の望みを実現するために、シュヴァルツフーバーは写譜係の人数をふやすことも許可してくれたが、これでかなりの楽員が外で働かないでもすむようになった。

収容所の最高権力者によって公に認められたこの二つの優遇措置のお陰で私たち楽員の大部分はかつてないほど楽になったが、それは逆にフランツ・デニシュの公然とした反感をそそることになり、デニシュは音楽一般の、中でも私たちには特別に厳しい、不倶戴天の敵になった。最初のうちは隠れた争いだったのがそのうち半ばおおっぴらのものとなった。しかもそれは、デニシュと私たち楽隊の間の争い

＊この映画の主人公の名。

なら不思議はなかったが、そうではなくて、収容者フランツ・デニシュと私たちの司令長官である親衛隊長シュヴァルツフーバーとの間の争いだった。そして、さらに驚くべきことは、この争いで勝ちを占めるのがいつもシュヴァルツフーバーのほうというわけではなかったことである。デニシュの言い分には容易に反論しがたいものがあった。「私は仕事の進み具合に責任があります。仕事を予定通り進めるためには、写譜係や練習なんかじゃなくて、人夫がいるんですよ！」。こうして一度ならず、司令長官シュヴァルツフーバーはお気に入りの歌を聞くのをあとまわしにしなければならなかった。

フランツ・デニシュ！　フランツ・コプカ！　この二人のけがらわしい人間の屑、二人の収容所貴族、模範的な収容者になるための教えを受けられるようにと天が私に送ってくれた二人の教師！　私はこうして二人のフランツの名を残すことにどうにも腹が立ってならないが、彼らは奇妙に私の記憶の中にとどまっていて消えようとしないのだ！

デニシュの勤勉さのお陰で私たちの練習はしばしば変更させられることがあったが、それでも何とか規則的に続けることができた。音楽で満たされたこの半日は私たち楽員全員にとって真の休息日だった。私たちはこの午後がくるのを、スープやパンの配給と同じように待ちわびた。練習はアンドレの的確な指揮の下に行なわれた。その間、コプカは自分の権威を誇示するために何の役にも立たない監督の目を光らせ、しばしばとんちんかんな指示を与えては自分の無知をさらけだした。これはオーケストラの楽員たちをすっかり楽しませたが、同時に皆、その都度苦労して笑いをこらえなければならなかった。

この練習日のお陰で私はそれまで知りあう機会のなかった同僚たちと近づきになることもできた。それによって私は、彼らも大抵は、私以上とまではいかなくても私と同様のみじめな暮らしをしていることを知った。

彼らは国籍もさまざまで、ありとあらゆるわけの分からぬ言葉で話を交していた。その口調はある時は和やかだが、食事の配給となると途端にいがみあいになるというような調子だった。彼らは自分たちのみじめな境遇を改善するために可能な限りの手段を動員してやりくりしていた。ある者は自分のスープをソーセージと交換し、そのソーセージをまた煙草とひきかえに売り渡し、最後に手に入れた煙草のうちから一本だけもうけとして――それは自分で吸ってしまう時もあれば、またパンの一切れと交換することもある――、自分の手元にとってから、残りで元のスープを買い戻したりしていた。また自分より良い境遇にいる友人や肉親から時々スープやパンをゆずってもらっている者もいた。

楽隊のうちでも技量の高い連中、とりわけ聴衆を楽しませる実力のある者には特別のチャンスがあった。コプカの許可――当然無料というわけではない――を得て、彼らはカポや小屋長の個室に出かけ、注文の曲を演奏した。彼らは週に二、三度、点呼のあとこうした出張に出かけ、しばらくすると食料や煙草をつめた箱をかかえて戻ってきたが、これは他の者たちの羨望のまとだった。

これら特権的な楽員は七人か八人いて、いつも同じ顔触れだった。ルシアンもこのうちのひとりで、彼はジプシー音楽を巧みに演奏し、そのファンタジーに富んだすばらしい音楽性でたくさんのファンを集めていた。

私はハインツやアンドレがこの種の出張に出かけるのを見たことがなかった。多分、彼らはこういう蓮葉な音楽で浮かれた客を楽しませるという特別な才能をもちあわせていなかったのだろう。あるいは、生活の必要から、または命令でやらねばならないということになればできたかもしれない。だが彼らはこの種の出張に出かける必要がなかった。というのは彼らは別の手段によって収容者にはそれ以上望みきれないほどのものを得ていたからである。彼らは自分用の食料庫にいろいろ貯えをもっているばかりでなく、あつらえの、ぴったり背丈にあった縞の背広を身につけ、その裾広のズボンにはいつもきれいな折り目が入っていた。また毎週土曜にはおかかえの床屋に頭を剃らせたが、その支払いには膨大な量を貯蔵している煙草をたっぷりとはずんだ。

ハインツについて言えばこれは前にも言ったように彼が時計屋だったからだが、それにしても何という時計屋だったろう。収容所内には時計がどんどん流れこんできて、その数はとどまるところを知らなかった。どこからこんなに時計が入ってくるのか私にはほとんど見当もつかなかった。親衛隊員はむろん身分の上下を問わず、またカポも、小屋長も、管理職にある収容者は誰でも、およそ何らかの地位のあるような者はすべて一個ないし数個の腕時計をもっていた。時計はここでは一種のパスポート、生きのびるための、ビザであり、また収容所内における地位の証明だった。

ハインツは腕ききの時計屋だったが、彼のお客たちはしょっちゅう、直したばかりの、時には前日修理したばかりの時計がもう故障したといってもってきた。これは、これらの親衛隊員や特権的な収容者たち——彼らは凸《でこ》というあだ名で呼ばれていた——は機会さえあれば部下たちを殴るので、その結果頻繁に腕時計がこわれるという事情によっていた。ハインツはこのお陰で仕事に事欠かず、彼の食料の貯えはいつも豊かだった。この時計屋商売は、他の商売同様〝厳禁〟という建前になっていたが、実際には収容所中に知れわたった公然の秘密だった。

懐には違反の証拠品をしっかり握りながら、表はどこまでも従順な様子で通す、というのがこの収容所での模範的な収容者の作法だった。私はある日、小屋長が仕事時間中に煙草を吸っているひとりの収容者を見つけて殴るのを見かけたが、殴り続けながら小屋長はこの哀れな男に、煙草を吸っていたのが悪いのではなくて、小屋長がくるのが見えたのに煙草をかくすような〝ふり〟をしなかったのが悪いのだと怒鳴っていた。

ハインツがお客から時計修理の謝礼をもらってくるごとに、コプカは〝借り〟と称して——むろん返されたためしなどなかったが——かなりの割合をその中からピンハネした。しかも狡猾なことには、それでドイツ軍当局にこの商売のことを密告するという永遠のおどしをとりさげるわけではないのだった。それはアンドレに対する場合と同じだった。

アンドレが収容所の高級職員たちにフランス語と英語の教授をして必要品の補いをしているというのは周知のことだった。彼の生徒には、料理長、食堂長、酒保長などがいた。アンドレの稼ぎはハインツのそれに匹敵した。ソーセージ、パン、じゃが芋、メリケン粉、マーガリン、煙草、時にはパテやハムなどで彼は支払いを受けていた。だがアンドレの〝商売〟で私が感動したのは、彼が自分のことしか考えない人間とは違うということだった。彼が料理長に最初に要求した報酬は、毎日、楽隊に二十五リットルずつスープのおまけをつけることだった。これによって私たちは、とくに困窮していた者たちは目にみえて健康状態を回復した。

しばらく前からアンドレはひとり〝副官〟を置いていた。それはロシア軍の捕虜でジョルジュという名のチューバ奏者だった。彼は私にしばしば語ったように、アンドレに身も魂も捧げていた。アンドレは、ジョルジュがすっかり弱りきった状態で楽隊に入ってきた時、こっそり彼に食料を与えて命を救ってやったのだった。毎晩、点呼のあとジョルジュは小屋の片隅でじゃが芋や玉ねぎの皮をむいてはいためて、マーガリン、ソーセージといっしょにもち帰ってきた。彼がこうして大きな飯盒に二杯もうまそうな、栄養たっぷりの料理を用意すると、四、五人の者がそれを分けあって食べた。その中には私もいたが、時にはコプカも、彼の個人的な貯えがなくなると加わった。

一九四三年のクリスマスがくると、私たちはそれまで練習用にあてられていた第十五棟を離れ、第五棟に楽器を運び、そこで寝起きすることになった。建物の他の部分から厚い壁で仕切られたこの広々とした場所が以後私たちのMusikstube（音楽室）となった。ここに私たちの楽器は置かれ、コプカ、アンドレ、ルシアン、ひとりかふたりの〝臨時〟写譜係、それに必要欠くべからざる時計屋といったメンバーが常駐した。練習もここで行なわれることになった。労働時間の間は、収容所に残ることを許可された何人かの病人を除いて、建物には誰もいなくなるからだった。楽員たちは、部屋の真中をずっと端から端まで走っている暖房用のパイプの両側に分かれて席を占め、楽長はパイプの上に立った。

裁縫とか楽器の手入れというような名目で次第に頻繁に私は音楽室で終日すごすことを許されるよう

になった。アリクスはもうコプカのひいきの料理人ではなかった。彼の代りにアンリが何日かこの地位をまかされ、やがて、彼もまた炊事中にボヤをだして免職になり、今はジョルジュがつとめていた。

私のアンドレに対する友情は次第に強くなっていくようだった。私は依然として彼が何を考えているのかその心の中まで入っていくことができなかった。私が彼に関心を寄せるのをアンドレはいやがっているふうに私には感じられた。だが、こうして彼が私に施してくれる親切のやり方にしばしば不満を感じはしたものの、結局何より私にとって肝心だったのはアンドレの与えてくれる物質的な援助だった。私はほとんどここにくる以前と同様の体力を回復し、戸外作業に従事しなければならない時も、比較的楽に義務を果たすことができるようになった。

私は、アンドレが週に一度か二度遅くなってからどことも知れず出かけるのに気がついていた。語学のレッスンのためだろうか？　いずれにせよ、翌日になると、彼は私にこっそりと政治情勢、戦線に関する最新のニュースを教えてくれた。こうして彼から私はスターリングラード*の戦果を聞き、また、家族に手紙を送ることができるようになったというニュースをも最初に教えてもらったのだった。またこれはかなりあとになってからのことだったが、ヒトラーに対する陰謀事件のことも、私はアンドレのお陰で収容所の誰よりも早く知ることができた。

彼がこうして私に伝えてくれるニュースの一つ一つは、私にとって単に彼の友情と信頼のしるしであるばかりでなく、未来に対する励ましでもあった。だがそれに勇気づけられて私が楽観的な希望をうち

＊ソ連に進攻したナチが長期戦の末に敗退し、没落へ向う転機となった戦い。

あけると、彼は、まるでおもちゃ遊びをしている子供を見る大人のように、やさしさと寛大さの混じった目で私を見るのだった。

私のおもちゃ、それは、私たちの頭上にたれこめる暗い雲にもかかわらず、いつかきっとここから生きて外へ出られるという希望だった。

# 10　コプカの退場

しばらくするうちにコプカは音楽室を留守にすることが多くなった。そして出かけるとなかなか帰ってこなかった。多分アウシュヴィッツ第一収容所にあるゲシュタポ本部にいくのだろうと私は見当をつけていたが、その理由は分からなかった。いずれにせよ、私は同僚たちとともにこのコプカの不在を喜んだ。なぜならこの間はアンドレがコプカに代わって私たちの指揮をとることになったからである。

ある午後、外から戻ってきたコプカは意気揚々と小屋へ入ってくると、ちょうど練習中だった私たちに向かって、彼がじき釈放されることになったと告げた。このニュースに私たち一同はひどくびっくりし、ついでやんやの喝采で祝福を送った。私たちは心からこの決定を喜んだ。だがコプカはこの祝福に惑わされずに、私たちに向かって意地悪くこう言った。

「えーい。お前たちはもうすぐにでも俺から逃げられると思っているな。だがもうちょっと待て。俺はまだここからすぐ立つわけじゃない」

こうして望むところではなかったが、コプカは公然と私たち一同が心の中で考えていることを認めたのだった。本当のところを言えば、この予期しなかった釈放はコプカにとって決してありがたいものではなかったはずである。彼の誇らしい様子は見せかけにすぎなかった。収容所での結構な地位を離れて外の地獄に入っていくというのは彼にとって少しもうれしくなどなかった。コプカ自身はむろんのこと、誰でも、収容所から釈放された数少ないドイツ人はすべて強制的にドイツ軍に編入されるのだということを知らない者はいなかった。それが釈放の代価なのだ。楽長という光栄ある地位からひきずり降ろされてただの二等兵にくりこまれ、場合によっては激闘の続いているソヴィエトとの戦線に送りこまれることもありえた。それを思うなら、ここにできる限り長くとどまり、彼の〝被保護者〟たちから吸いあげる汁で安楽な暮らしを静かに続けるほうがどれほど良いだろう。

まもなく私たちは、コプカが一ヵ月の予防医学観察を経てからでなくては釈放されないことを知った。彼はこのことがうれしかったようで、くりかえし取り巻きの連中に満足の気持を語った。

「こいつはもうかったぞ。そのうち何とか戦争も終わるさ」

この釈放延期は私たちをがっかりさせた。だがそれも一時のことだった。まもなく別の喜ばしいニュースが入って償いをつけてくれた。コプカはこれから四十番台の小屋に入れられて公式に楽長の仕事を免除されることになったのである。

この結果、私たちはしだいに彼の姿を見ないですむようになった。楽長の職をおりてから個人的な収入がゼロになったコプカは時折食べる物を捜して音楽室にあらわれたが、もう彼の境遇では幅をきかせることはできなかった。

この時から、まだ例の絹の腕章こそコプカの腕にまかれているものの、アンドレが実質的には楽長になった。この効果はてきめんにあらわれた。

楽員たちは新楽長に心からの信頼を寄せた。皆、名手の下で弾けるということに大きな喜びを感じていた。アンドレはようやく彼に与えられることになった完全な自由を利用して、できる限りもっとすぐれた曲のレパートリーをふやすことに専心した。実際に公の席で演奏できるのはむろんドイツ音楽に限られていたが、私たちは自分たちのために記憶をたよりにフランスの曲、チェコの曲、ポーランドの曲、ロシアの曲などを私たちの風変りな編成用に編曲して熱心に練習した。絶えず不意の見まわりがやってこないか警戒し、万一の時には何でも何かドイツの行進曲にとりかかれるよう準備をしておいたうえで、私たちはこれらの曲を心をこめて弾いたのだった。

この秘密の活動を別にしても、私たちの楽隊は目ざましい進歩を見せ、ドイツの伝統的な行進曲の演奏さえ、カポばかりか親衛隊員からも大変な満足をもって迎えられた。だがこれらのうちで最も驚くべき、そして最も予期せざる反応を見せたのは、フランツ・デニシュだった。

ある午後、私は大通りにそって散歩している途中、反対側からコプカがやってくるのに気がついた。ひげも剃らず、げっそりとやせこけ、縮みこんでしまったその姿は、もうまるで何もかもうっちゃって、どうでも良いというような様子だった。ちょうどこの時アンドレが音楽室の入口に姿をあらわした。彼はコプカとは対照的に清潔で、非の打ちどころがなく、実に立派に見えた。そしてこの時突然、デニシュの雷のような声が聞こえた。デニシュは明らかにこの二人の男を見くらべていたようだった。

「コプカ、一体お前は何という格好をしているんだ、それでも楽長か、恥ずかしくないのか？　見ろ」とアンドレを指し示しながらデニシュは言い足した。「これがちゃんとした楽長のなりというもんだ。これでこそ楽隊もちゃんと鳴るんだ。この頃は、部隊が仕事に出かけていくのを見るのが楽しみだよ」

アンドレ自身はこの事件について何も言わなかった。デニシュはついに楽員たちに対して講和を提案してきたのだろうか。

この時以来、自分の明らかな権威の失墜に腹を立てたコプカは、依然としてアンドレの食料の施しにはあずかり続けながら、一方でアンドレに対する陰謀を秘密裡に開始した。

だがそれからちょっとして、ある日コプカはいなくなった。私たちは、彼が正体不明の病気にかかってベッドから動けなくなったということを聞いた。彼はそれでも一日二度、食料を恵んでくれるよう使いをよこした。アンドレは最初のうち何度かはこのもう何の権利もなくなった要求にもこたえてやっていたが、まもなくハインツとルシアンに相談した結果、この意味のない施しはきっぱりとやめて、その分だけ、より補助を必要としている楽員に分け与えることにした。

それから何日か何事もない日が続いた。そしてある日突然コプカはまたその姿をあらわした。まるで狂人のように、醜い体をひきずるようにして彼は音楽室に入ってきた。部屋にはその時、ちょうどいつもの三人と、別にご馳走を料理中のジョルジュがいた。何か異常なことがもちあがろうとしているのに気がついた私は、何人かの同僚とともに部屋の窓に走り寄った。

私たちはコプカが気狂いのように叫びまわり、拳をふりまわして部屋の連中に食ってかかっているのを見た。彼はアンドレに何かを命令しているのだが、アンドレはそれを実行しないでいるような様子だった。すると、コプカは思いもかけない動作でジョルジュにつっかかり、彼をコンロのところから突きとばして作りかけの料理を床にぶちまけた。それから今度は時計屋が仕事をしていた机に寄っていって、その上にあったものをことごとく床にたたきおとした。ついでアンドレに向かって怒り狂いながらこう叫ぶのが私たちにも聞こえた。

「何もかも所長にぶちまけてやる。さぁ俺といっしょに所長の所に行くんだ。今すぐだ」

アンドレはおちついて彼の外套のある所まで行くと、それを身につけ、それからドアをあけて、コプカに先に通るよう皮肉な表情でうなずいた。

私たちは不意の出来事に息をのんだまま、一体どういう結果に終わるのかハラハラして見ているだけだった。二人の男は親衛隊の建物のほうへ進んでいった。彼らが司令長官シュヴァルツフーバーの所に行こうとしているのは間違いなかった。

私はひどくアンドレの身を案じた。アーリア系ドイツ人であり、登録番号一一〇〇〇番台の、まもなく正規のドイツ兵となろうとしているコプカと、ユダヤ人であり、登録番号四九〇〇〇番台のアンドレとでは、裁きの結果は目にみえているようなものではなかったろうか。

二十分ほどの時間を私たちはコプカの働いた乱暴のあと始末をしながら待っていたが、その二十分はまるで私たちには永遠に続くように思われた。私たちはいてもたってもいられなかった。

だがついにアンドレとコプカは道の向うに姿をあらわした。私たちは全員小屋の前にとびだすと、そこに立ったまま石のように動かずに彼らが近づいてくるのを見つめた。

コプカはすっかりうなだれ、アンドレのあとから足をひきずるようにしてついてきた。一方アンドレは生き生きとした表情でコプカの先に立って歩き、どんどん彼をうしろに残したままこちらに近づいてきた。私たちのうち何人かはこらえきれなくなってバラバラと前にとびだすとこう叫んだ。

「一体どうなったんです?」
アンドレは手にした黒い絹の布きれを私たちのほうにかざした。私たちは、それが、ほんのしばらく前までコプカの左腕に巻かれていた銀の竪琴の縫いとりをした腕章であるのに気がついた。コプカは司令長官から見事な平手打ちをくらった上に腕章をもぎとられたのだということ、その腕章はその場でアンドレに与えられ、これでアンドレが公式に楽長に任命されたのだということを私たちは知った。

……………………

これ以後、私たちは二度とこの前楽長を見かけることはなかった。しかしながら彼はドイツ軍に編入されたのではなかった。私たちはしばらくしてから、彼が皆からすてられ、彼の友人だと称していた連中からさえも見すてられて、ひとりで死んだということを聞いた。死は釈放予定日の前日に突然コプカを襲ったのだということだった。

# 11　チェコ人の遺産

楽員たちは誰も彼もアンドレの任命を喜んだが、それでも私ほどこのことをうれしく、誇らしく思った者はいなかった。アンドレが彼のあるべき位置について彼のためにも皆のためにもどんなに私がうれしく感じているか、私は何度も何度も彼にくりかえしてやまなかった。私は、彼が上機嫌になって、私の喜び、私の楽観的な気持にいっしょになってくれることを心から願ったのだった。

それに対してアンドレも、いつもの感情を表にださない性格を和らげて、新しい地位に自分が満足していることを時折その表情にだして見せた。彼は、以前よりもずっと大幅に音楽活動にうちこむことができるようになり、また楽員たちの生活をより楽にすることもできるようになったのを明らかに喜んでいた。正式に楽長に就任してからアンドレには、純粋に音楽面での職務の他に、もう一つ微妙で、厄介な任務がかかってきた。すなわち彼の〝部隊〟のメンバーのうちから野外労働へいく者を割りふらなければならないという仕事である。フランツ・デニシュの風向きが良くなってきたのを利用して、彼は、あまり指を長く酷使すると演奏に響くという口実――これは本当のことだった、だがそれを認めさせるのは何と厄介なことだったろう――の下に私たちにだんだん楽な仕事をまわしてもらうよう交渉した。さらに、ものすごい吹雪の中で行進曲を演奏しなければならなくなった日には、司令長官シュヴァルツフーバーとかけあって小屋に戻ることを許可してもらった。アンドレは、こういう天候の下で演奏を続けることが楽員にとって非常な苦痛であるということはもちださないで、別の、反論しがたい理由を、とくに音楽好きのドイツ将校の口添えを借りて並べた。つまり、この天気では楽器が傷んでしまうと言いはったのである。こうして少しずつ、とくにひどい天気の時は演奏に出なくても良いという習慣ができていった。これによって親衛隊員たちのほうでは、収容者たちが音楽なしで収容所を出ていくことができるという事実を発見することになったわけだが、それは彼らには非常な驚きだった。

これらの大きな変化のお陰で、私たちの健康は心身ともに改善され、シレジアの冬の厳しささも乗り越えることができた。一九四四年の春がくると、楽隊はかつてないすばらしい状態で再スタートした。

私たちはまた戸外で演奏することになったが、今や私たちは押しつけられた仕事を果たすというような気持からではなく、心からの喜びをもって積極的に演奏にとりくんだ。楽員たちは皆、もう演奏をさぼることを考えたりせずに、逆に演奏できるのを待ち望んだ。

そのうちだんだん私たちは作業の関係で、私たちの収容所の近くにあるチェコ人の収容所や女性用の収容所に行くようになった。この結果、私たちの楽隊のドクターとその友人ミシェルはしばしば彼らの肉親たちをもっと間近から目にすることができるようになった。私はというと、私はこの定期的な訪問のもたらすちょっと悲しい魅力に抵抗することができなかった。同僚たちと同様、監視の目を盗んでは、これらの大半は女らしさをすっかり失ってしまった〝女〟たちと何とか口をきくのに精をだしたのだった。やがて私たちはあらゆる可能な手段を使ってこの素敵な友情の証しを示し始めた。私たちは配給やおまけの食料の一部を別にしておいては、それを女たちに食べさせるために持ちこんだのだった。消毒にまわす衣類を転送する際、私たちは女たちの着物をちょろまかしてはこっそり車の下に隠す。そして次に女性用収容所に行く機会を利用して、それにいろいろ贈り物を包んでは監視のすきをみて女たちに返す。以前の辛かった頃、自分がどんなに他人の励ましを求めていたかということを思いだして、私は今こうして、今度は自分がいくらかの慰めを他の人にもたらすことができるのが無性にうれしかった。

私たちの楽隊は今では四十名以上になり、私たちの活動はかつてないほどドイツ軍当局から高く認められていた。朝夕二回、部隊の出発と帰還の際の演奏の他に、新たに私たちは毎日曜の午後、公開演奏会を開いた。これは原則としては親衛隊員たちのためのものだったが、収容者たちも私たちの演奏台のまわりに群がっていっしょに楽しんだ。練習も今では週三回になり、フランツ・デニシュも相変らずいやがらせは止めなかったものの、ほぼこの改善に同意していた。

楽員の他に私たちの小屋には電気工、ポンプ工、それに建設工の三部隊が寝起きしていた。このうちでも最後の建設部隊は収容所中で最も重要な部隊の一つだった。この部隊は建築用の資材を一切握っていた。それでアンドレはカポのひとりとうまく話をつけて、デニシュの許可をもらい、私たちの楽器を保管する部屋をひろげ、改善する計画にとりかかった。こうして二週間熱心に働いた結果、私たちは、きちんとした楽器置場があり、写譜の仕事もでき、また時計屋ハインツのための特別な設備までついた広々として感じのよい部屋をもつようになった。この部屋は十人以上の楽員がそれぞれ譜面台を持って入れるぐらいの大きさだった。それで事情が許す時には、晩にごく少数の聴衆を集めて室内楽演奏会をここでやることもあった。

次第次第に、私は、かつて自由な身で暮らしていた頃があったということを忘れ始めていった。何だかもうずっと昔からいつもこんなふうに暮らしてきたような気が今ではするのだった。そしてだんだん、こうして音楽と荷車の間を往復しながら死ぬまで続けるのだという考えにもそれほどの恐ろしさを感じなくなっていった。反抗の時期は去り、私は完全に、この今では親しいものとなった現実と和解したのだった。だが一体本当にいつまでもこうなのだろうか?

……………………………

いや、そうではない。もう一つの恐怖に満ちた現実が私の前にはあった。

果てしない男や女や子供の列が恐怖に大きく見開かれた私たちの目の前を通りすぎていく。駅からガス室に向かう彼らは、自分たちがどこに行こうとしているのか知らない。だが私たち他人は、彼らが今から身の毛もよだつような舞台、彼らをおとなしく墓に入らせるために綿密に仕組まれた悪夢のような舞台へのぼろうとしているのだということを知っている。こうして何も知らずに死へ向かって歩いている人々を前にして私たちの心臓は苦悩と憐憫にしめつけられる。そしてそれは私たち自身の将来に対する不安に変わっていく。

この悲惨な光景と平行して、私たちは定期的に収容所内でひどくショッキングな試練をうけ、知るまいとしても知らないではすまされない恐ろしい現実につれ戻された。

選別! 二、三週間ごとに身体検査が当局の手で行なわれるのだった。そこで弱い者、病気の者、疥癖にかかった者等、もうドイツ軍に有益な労力を提供することができなくなった者、一般に〝ムスリム〟*という軽蔑的な名で呼ばれるようになった者は冷酷に健康な者たちから別にされ、二、三日の間を置いてからトラックで火葬場に送られるのだった。私たち楽員もこの容赦ない選別をうけ、その結果、一般に私たちは良い健康状態にあったにもかかわらず、時々、ひとりふたりとメンバーが欠けていくことがあった。私たちは皆この選別におびやかされない者はなかった。なぜならこの〝ムスリム〟の基準はきわめて曖昧であり、取消しのきかない死の宣告は全く検査にあたる親衛隊の医者の気分次第だったからである。だが中でも最も不幸だったのは足の曲がらないアコーディオン奏者のブロネクだった。選別の度に私たちは彼が医者の前へ出ないですむようにさまざまな、ひどく危険な企みをたてなければならなかった。

選別が終わるごとに、収容所はほっと心をなでおろす溜息でいっぱいになった。雲は去って私たちはまた好天の下にいるのだった。

私たちの素敵な音楽室は収容所の名士たち、親衛隊員たちの巡礼地となった。私たちの小屋は毎夜陽気なさわぎであふれかえるようだった。歌もあれば踊りもあり、誕生日がにぎやかに祝われ、親衛隊員たちは収容者のすすめるブランデーをなめながら大いに楽しむのであった。

外では火葬場から昼の間は煙があがっているのが見え、夜になると今度はその煙突から出る炎が空をまっ赤に焦がしていた。それに合わせるように私たちは毎日、荷車と音楽の二つの仕事に従事した。

*イスラム教徒

私たちは何度か石鹼をとりにチェコ人の収容所に行ったことがあった。そこは、小屋を別にすれば、あとはどこをとっても他の収容所とは全く違った様子だった。住んでいるのはユダヤ人たちでそれも家族で暮らしていた。彼らは髪をのばし、めいめい自分の服をつけ、外から手紙や小包みも受けとっていた。そのうえ彼らは働いていなかった。こういう特権的な待遇は私たちにとっては理解できない謎であり、私たちは彼らをうらやんだ。

ここにも十五人ほどのメンバーからなる楽隊があり、そのうちの何人かは私たちの収容所に必要な楽譜を写すためにやってきた。

やがて、ある晴れた日、驚くべきことが、恐ろしいことがおこった。それはまるで青天の霹靂《へきれき》とでも言うより他はなかった。

しばらく前から私たちは譜面台が足りなくて困っていた。冬のひどい天気のために使いものにならなくなってしまっていたのである。私たちはつぎあわせたり、釘をうってみたりして、何とか自分たちの力で修理しようと試みたが、もう中までしみ込んだ湿気のために木が腐ってしまっていてどうにもならなかった。建具専門の部隊の監督はそのうちのいくつかを修理してくれると約束したが、なかなかその約束も果たされなかった。

そうこうしているうちにある日、アンドレが数人の部下とともに司令長官シュヴァルツフーバーから呼びよせられるということがあった。これには私自身も、この呼びだしに対する好奇心から同行した。行ってみると司令長官は楽隊が譜面台を欠いて困っていることを聞いたと私たちに言った。そして、隅に並べられた一ダースほどの譜面台を指さすと、これをやるから持っていくようにと告げた。

私たちはこれらの譜面台に見覚えがあった。それはチェコ人の収容所にあったものだった。それを見た瞬間、私たちは前の晩から流れていた恐ろしい噂が本当のことであるのを知った。四千人のチェコ人たち全員が一夜のうちにガス室に送られて殺されたのだった。六ヵ月の間、私たち皆にうらやまれるような暮らしを送ったあとでたった一夜のうちに……。


……………………


譜面台の他に、私たちはチェコの友人たちからヴァイオリンを何本か、それにサキソフォン、トランペット、チェロを各一梃ずつ遺産として譲りうけた。こうして私たちの楽隊は豊かになり、音も以前よりずっと輝かしいものになった。

アンドレは前と変わらず、忍耐強く、無表情に仕事をしていた。それを見ながら私はいつも、私たちのまわりにおこっていることに対して一体彼はどう考えているのだろうと自問自答するのだった。だが私はどうしても問題の核心まで踏みこむ勇気がなかった。友人なのだからその権利はあるのだと信じながらも、何かひどく危険な場所に足を踏みいれるような気がしてためらってしまうのだった。

だがある晩、私の長い辛抱の報われる時がきた。とりたてて理由もないのにアンドレは私に、私ひとりを前にして、彼の内心の秘密をさらけだし、その言葉によって私は、はじめて私たちの暮らしている世界についていくつかのことをもっとずっと良く知ることができたのだった。

私の心を占めてきたさまざまな事柄について一晩中アンドレといっしょに語り明かしたこの夜のことを私は決して忘れられないだろう。

私たちはちょうど大変な拍手に送られてコンサートを終わったところだった。このコンサートは特別すばらしい出来映えだった。それで寝に行く前に私はアンドレにおめでとうを言い、彼が楽員たちのためにつくしてくれた努力にお礼を言いたいと思った。

彼はひとりで部屋にいた。テーブルの下に何か隠している最中だった。邪魔しては悪いと思った私はひきかえそうとしたが、彼は私を見つけていて、坐るように手招きし、テーブルの下のものをとりだした。それは一本の壜だった。ブランデーだった！

私は狼狽した。アンドレが貯えをたくさん持っていることは知っていたが、アルコールはここでは絶対禁制の品のはずだった。

「少し飲むかい？」と彼は私に聞いた。

なぜだか自分でも分からなかったが、私は辞退した。アンドレはもうすでに何杯か飲んでいるようだった。目がボーとしていた。

「そりゃそうだ。お前は十分に食べていないからブランデーは毒だ。俺はいつも少しばかりはやっているよ。ちょっとした収容者なら皆そうさ。時々はこれも良いもんだよ」

私たちは部屋の隅に坐りこんだ。アンドレは私にパンとバター、それに塩漬肉を出してくれた。彼自身は何も食べずにただ飲むだけだった。湯呑みについでは、その都度また壜をテーブルの下に隠すという調子だった。

私にはすぐ、こちらで何も聞かなくても彼のほうで話し始めるということが分かった。何もかも道具立てはそろっていた――小屋中皆寝てしまい、夜はふけ、酒が入っていた。私たちはお互いに、すっかり何もかも話す時がきたのだと感じていた。

「うん」と彼は口をきった。「俺にはだいぶ前からお前がいろいろ考えているのが分かっていたよ。きょうは俺がここにきた頃のことを話したくなった。お前にとってもつまらない話じゃないだろう」

# 12　アンドレとの一夜

「まず最初に」とアンドレは始めた。「一九四二年の七月に俺がここにきた時、どんな野外労働をやらされたか話そう」

「あの頃の部隊といったら大抵は収容者を皆殺しにするためにあったようなもんだ。仕事がきついかどうかなんて話じゃない。俺のいた部隊は毎日出る時は六百人の収容者がいたけれど、そのうちで夕方歩いて帰ってこられるのはまず半分というところだった。仕事場は二キロぐらいの所にあって、そこまでトラックに追いまくられながら歩いていくんだが、その間中五十人ぐらいの親衛隊員が監視しているんだ。どれもこれも体が良くて、年が若く、頭は剃っている。そして緑色のシャツを腕まくりして、あのすごいモロス犬*をひっぱっていたな。仕事は朝六時から午《ひる》まで続いて一休みし、それからまた夕方六時までだ。仕事そのものは大して特別なことはない。お前もよくやっているやつだ。短い柄のついた手押車に土を積んで百メートルぐらい先の所に運ぶのさ。でも、お前がこの仕事を一日中休みなしにやった時には、もうお前はすっかり参って足も立たなくなっていたな。三日もこんなこと続けられたものじゃないと思っていたんじゃなかったか?」

「考えてもみろ、俺たちは丸一日中休みなしに駆けながらこの仕事をやったんだ。そのうえひっきりなしに殴られた。俺たちが土を運んでいく道の両側には親衛隊の連中が二重に並んでいて、俺たちをもっとはやく走らせるために棒や銃の尻でいやというほど殴るんだ。一時間ごとにカポがやってきて死人を集めるとトラックに積んでいったよ。それで次の朝は、また六百人で出発というわけだ」

「本当とは思えないかもしれないが、この仕事を二十日続けてまだ俺は生きていたんだ」

「ある晩、アウシュヴィッツの第一収容所から十五人ばかりの音楽家が楽隊を作りにやってきたという話を俺は聞いた。メンバーを捜しているというんだ。どうして名乗りをあげたものか俺は考えた。部隊か、小屋か、どっちかに釘づけになっていて、とてもどこかへ抜けだすなんてことはできなかった。部隊が終わると小屋にぶちこまれるし、小屋から出ると部隊が待ちかまえているという寸法だ。仕事が終わると点呼が三時間続く。それから小屋に戻ってくるんだが、お前はこの犬小屋を知らなくて運が良かったよ。口で言えたような代物じゃなかった。帰ってくると腹はペコペコだし、口はカラカラに渇いてどす黒くなっている。体中が痛くて、足はふくれて皮がむけ、そのうえどこもかしこも蚤だらけだ。もうこれ以上一分も立っていられないような有様だった。だがこれで終りじゃない。これから便所に行く番を待たなくちゃならない。便所にはそろって監視つきで行くんだ。水もない。台所に行くと一台ポンプがあったけれど、一滴でも水をもらいたいと思ったらパンで払わなくちゃ駄目なんだ」

「ところが思いもかけない所から運がとびこんできて俺は自分の音楽の腕を見せることができた」

「ちょうど、寝床にもぐりこんで配給のパンを分けてもらったあとだった。ちびちびパンをかじっていると、小屋長が——こいつも他のボスと同じ人殺しだったけれど——やってきてこう叫んだんだ。

『ブリッジのできる者はいないか？』もう俺は何にあっても驚かないようになっていたから、急いで

＊猟犬の一種

外に首をだすと、ありったけの声をだして『私がいます』とどなった」

「こうしてこの汚なくて、へどのでるような、ひげも剃ってない俺が特別な小部屋のテーブルに気持よく寄りかかって小屋のお偉方三人とブリッジをやっているということになったわけだ。あの部屋からはよく殺されかかった収容者のうめき声が聞こえたよ」

「この旦那たちはしょっちゅうこの遊びをしていたんだが、あいにくその日は四人目の常連の都合が悪かったんだ。ところが、俺の小屋長――パンをかっさらうために何十人も収容者を殺した男だ――は毎日毎日の仕事にあきあきしているものだから、この気晴らしなしにはどうしてもすまされない。それで自分がなぶりものにしている連中の中から何とかひとり見つけてゲームをやろうと考えたわけだ。そしてそれにぶつかったのが俺だったんだ」

「このゲームの最中に俺はうまく機会をつかまえて、自分の音楽の腕をほのめかしてみせた。すると奴は何でももっと早くそれを言わなかったのかといって俺をどやしつけてから、早速次の朝俺を連れていくのをひきうけてくれたんだ」

「いや、この男は約束以上のことをしてくれたよ。ゲームが終わると自分の手で俺のひげも剃ってくれたし、髪も刈ってくれた。そのうえ、もう少しきれいにしろと言って、熱いお茶を洗面器一杯――飲むためじゃない、顔をあらうためだ――石鹼とタオルまで、どれも最高級のを貸してくれた。しかもそれで終りじゃない。次の日部隊といっしょに働きに出ないですむよう取りはからってくれたあと、自分の食事の残りまで恵んでくれたんだ。そして次の朝、音楽隊の小屋まで俺は連れていってもらったわけだが、その場で入隊ということにきまった」

……………………

「その頃はまだ楽隊の編成も毎日のように変わっていたな。俺が入った時は二十人だったけれど、次の日には二十五人になり、三日目には今度は逆に二十一人に減っているというような具合だ。人数の移り変りをグラフに記録したら、きっと、所々歯の欠けたのこぎりみたいな形になったことだろう。この点では俺たちの部隊も他の部隊と似ていたわけだ」

「この前お前はここに着いた夜に何発か銃声を聞いてひどいショックを受けたと話していたな。あれは、自殺しようとして鉄条網に近づこうとした収容者を見張りの親衛隊員が撃った音だ。四二年の頃は、あの銃声が一晩中ひっきりなしに聞こえたもんだ。毎晩何百人というかわいそうな連中がこのてっとり早い方法にすがって自分に始末をつけようとしたんだ。その中には音楽家もいた。収容所音楽隊のメンバーもな」

「俺たちの楽隊の幹部というのは、前にも言ったが、アウシュヴィッツ第一収容所——ここにはだいぶ前からちょっとした楽隊があった——からきた十五人ばかりの古手の収容者だった。この連中は二〇〇〇〇番から一六〇〇〇〇番台の番号で——俺は四九〇〇〇番台で、その頃は〝百万長者〟だった——それだものだから、俺たち新入りにとっちゃ絶対のご主人だったわけだ。大半の奴はとことんまでこの特権をふりまわした。俺たちを殴ったりするのはもちろん、殺すことだってできた、誰のとがめも受けないでだ。それでこういう仕打ちに耐えられなくなった者は電線に身投げしたんだ。だが自殺する者がでてくると、お偉方は余計怒った。ある日、その前の晩の自殺者の数がふだんよりもとくに多かった時、この旦那方のうちのひとりが俺たちまだ生きている連中を集めてこんなことを言ったよ。『この野郎ども、今から言っておくが、もしお前たちが電線行きをやめないなら、誰も彼も犬みたいに皆殺しにしてやるからな』」

「俺は外国語を知っていたものだから、かなりの〝特権階級〟だった。入隊するなり早々、楽隊の半ば公の通訳に任命されて、新入りにご主人たちの命令を伝えるのも俺の役目になった。だがその代り、ここの規則では、新入りたちが命令をきちんと実行するかどうかの責任も俺が負うことになっていて、もしちょっとでもミスがあったら、俺ひとりが違反した奴の代りに体罰をくらわされたんだ」

「楽隊に入ってただ一つ本当にありがたかったのは、犬小屋からぬけだして、ましなベッドに入れたことだ。ところがこのお陰で今度は別の厄介がもちあがって、これが俺の果てない悩みの種になった。というのは、起きたらすぐ毛布をきちんとしてベッドを作らなくてはならないんだが、それには規則できまっているやり方があって、実にやかましいんだ。毎日いつ何時検査があるか分からない。その時には検査官たちの目にかなうようなカーヴを描いて毛布がたためていなくてはいけないんだが、それがどんなにむずかしいことか！　朝苦労してきちんとたたむのに成功した毛布の形を崩したくないばかりに、何度、脇の床に寝たか知れない」

「入隊して間もなく、ひどい熱がでたことがあった。理由も分からず二週間も続いた。だがそれでも俺は働き続けた。仕事中は立ったまま眠ったし、演奏中は坐りながら眠った。それでいて夜になると今度は眠れないというような調子だった。病院？　入りたければ入っても良いが、その代り、一度入ったらもう二度と出てこられないのがここの病院なんだ」

「俺はよく、人間の耐えられる苦しみの量というのはどれぐらいなんだろうと考えたもんだ。人間の忍耐の限界というのはどこらへんにあるんだ？　こんなにみじめでけがらわしい生活だっていうのに、一体どこまで苦しんだら人間は執着が消えるんだ？　こんなふうに自分で自分に聞いては、俺はこのすさまじい悲惨に俺たちを耐えさせている不思議な力の正体を知りたいと思って長い間考えこんだ。他の場合だったらこの生活のほんのひとかけらでもとても〝耐えられない〟と思ったに違いないんだ。

この不思議が心理学なんかで説明できるとは思わないが、俺は自分のうちにおこったことを何とかお前に説明できると思う」

「この頃俺はありとあらゆる死の条件にさらされていたんだ。そのうちたった一つの条件でさえ俺を死なせるには十分すぎるぐらいだった。飢え、渇き、強制労働、ぶん殴り、病気、点呼、拷問を受けている者のうめき声、延々と続く虐殺、蚤、積み重なった死人たち——これだけ全部一度にそろわなくたって、とっくに死にたいという気になるのが当り前さ。これはもう本当に、生理的に〝耐えられない〟状態だったんだ。だがそれでも俺は耐えぬいた。他の連中と同じように」

「俺の場合は、どんなことがあっても、自分から死ぬことだけはすまいと堅く自分に誓っていたんだ。俺はここのすべてを見て、すべてを体験し、すべてを学んで、すべてを記憶したいと思っていた。何のために？　その結果を世間に向かって知らせる機会など決してくるはずもないのに、なぜそんなふうに俺は望んだんだ？　分からない。俺はただ自分をこの世から消したくなかった。俺は自分の生きてきたことの証人であり続けなければならなかったんだ」

「死は俺を見逃してくれた。突然熱がひいたんだ。発病した時と同じで理由は分からなかった。薬など一服も飲んだりしたわけじゃない。そんなものはよほどの特権階級の奴が何人かもっているだけだったんだから」

「そして、ある日、俺の生活を根本的に変えるようなことがおこった」

「俺には〝古参〟の中にひとり友だちがいた。ジュークという名で、ポーランド語を隠れて教えてくれたというのでつかまった男だった。やさしくて、良い仲間だった。古参の特権を振りまわすようなことは決してなかった。他の大部分の連中とは反対に人間的な男だった。ただただ人間的なんだ。ジュークは俺にあることをしてくれたあと数週間して死んでしまった。そのあることというのは奴にとっては大したことじゃなかったかも知れないが、俺には忘れられないことなんだ。それをやっと今お前に話すことができる」

「ある朝、他の仲間といっしょに俺は石炭を積んだ荷車の横に立っていた。俺たちはそれを外へ引っぱっていくことになっていたんだ。するとそこへジュークがやってきて、俺に、まる一日小屋に残ってオーケストレーションをするようにと言った。ジュークは、その頃の楽長だったザボルスキという名のポーランド人――ジューク自身もポーランド人だった――に俺のことを話して、Notenschreiber（写譜係）のグループに加えてもらうという大変な特権を俺のためにとってくれたんだ。その頃、フランツ・コプカは俺たちのいた小屋の長だった。ドイツ人だと自分では言っていたけれど、とにかくその国籍のお陰でこの職をもらっていたんだ。当然、奴は始終俺たちに小言を浴びせては、信じられないような命令を無茶苦茶に出して俺たちの命をもてあそんでいた。この頃楽隊でタンバリンを叩いていたのも奴で、自分では楽隊の柱のつもりでいたんだ」

「俺がオーケストレーションの仕事に入ってから間もなくして、ザボルスキは病気になって死んだ。こいつは音楽家としては経験があって、他の連中ほど意地悪くなかったし、部下たちからかなりの信頼を受けていた男だった。それでザボルスキが死ぬと、楽隊の中はポッカリ穴があいたような感じになってしまった。誰もその埋めあわせになるような人物が見つからなかったんだ。この混乱につけこんだのがコプカだ。奴は早速ドイツ人たちに働きかけて楽長に任命された。これには古いのも新しいのも楽員は皆恐れをなしたが、とくに俺はもう駄目だと思った。新楽長がきたらまず第一に俺を元の部隊に送りかえすに違いないと俺は信じたんだ。俺たちの仲はうまくいってなかったし、コプカは俺が写譜の仕事に入ったのを良く思っていなかったからな」

「ところが実際にはまるで反対のことがおこったんだ」

# 13　アンドレとの一夜・続

「その頃はもう楽員も三十人ぐらいにふえていたんだが、その上に楽長として立ってみると、さすがにコプカも自分の専門能力が足りないのに気がついた。自分ひとりじゃとてもさばけない。それで俺の力を利用しないわけにはいかなくなったんだ」

「当時の俺たちのレパートリーといったら全く貧弱なものだった。ところがドイツ人たちはできるだけしょっちゅうプログラムを変えるよう要求して、同じ行進曲を演奏したりするとひどく不機嫌になったものだから、俺たちは何とかしてレパートリーをふやさなければならなかった。時々、親衛隊の連中がアウシュヴィッツ第一収容所からいろいろな行進曲のピアノ用の譜とか、それがない時には旋律の一部なんかを仕入れてきてくれたけれど、それだけじゃとうてい間にあわない。そこで俺たちは一方でドイツふうの行進曲を新しく作曲し、もう一方でよく知られている曲を記憶をたよりに復元して、それを大急ぎでオーケストラ用に編曲する、というような具合でやっていた。幸いなことにそれができるのは俺ひとりで、コプカもそのことはよく知っていた。それで、俺たちは、互いに憎みあってはいたけれど、暗黙の協定を結ぶことになったんだ。俺たちは互いに相手から利益をひきだすことにした。つまり奴のほうは俺の仕事のお陰で与えられた名誉をひとり占めにできたし、俺のほうはよほどの場合を除いて外に働きに行かないですんだんだ」

「このオーケストレーションの仕事も最初のうちは、ただここにくる前に習った知識をそのまま、何の工夫もなくあてはめているだけだった。つまり、今実際にいる楽員の編成通りにきちんと機械的にやっていたんだ。ところがメンバーの人数がいつも変わっているものだからこの融通のきかないやり方ではじきに駄目になった」

「楽員が急に死んで編成に穴があき、全体の音に大きく響くということが何度もくりかえしおこったんだ。この〝ぬけ落ち〟には最初びっくりしたが、そのうち仕方なく、俺はこの変動の自由に合せられるよう〝埋めあわせ〟オーケストレーションの方式を発明した」

「お前も知っているように、この方式だと急に穴があいても心配しないで演奏ができるわけだ。ソロや大切なモチーフは必ずいくつか違ったパートにもたせておいて、一つの楽器がぬけた時には他の楽器で埋めあわせをやる」

「だが、この編曲方式を採用したお陰で、俺は、仲間たちの体や心や状態を注意して見ていては、病院に入ったり、死んだり、自殺したりしそうな連中にあわせて〝埋めあわせ〟の用意をするといういやな仕事をしょいこむことになった」

「日がたつうちに、俺はこの陰気な仕事の名人になって、楽隊の演奏で音がぬけることもなくなっていったよ。収容所音楽隊の編成が完全に固まって、この音楽隊葬儀係の仕事から免職になるまではずいぶんの時間がかかったんだ」

……………………

「俺とコプカの関係はだんだん良くなっていったが、それでもいっしょに仕事をしていると腹の立つようなことがいろいろあった。俺にとってもそうだし、コプカにとってもそうだった。ドイツ人の中にはいくらか音楽の知識のある連中がいて、よくいろいろ文句をつけた。ところがコプカはこういうことについて全く何も知らないものだから、うまい具合に申し開きもできなくて、結局、体罰をくらうことになる。それも時によるとかなり厳しいのをな。それでもコプカは俺にたよって自分の面目がつぶれるのがいやで俺のところへ聞きにきたりしない。おとなしく罰を受けて、あとからその腹いせにたっぷり利子をつけて俺にその罰をくりかえすほうを選んだんだ。これについては一つ特別傑作な話があるよ。これを聞けば、お前も、俺とコプカの協力関係というのが一体どんなものだったか合点がいくだろう。コプカが死ぬまでこれが続いたんだ」

「親衛隊の誰かがぜひ演奏してほしいといって俺たちに有名なドイツ・オペレッタからとった行進曲をもってきた時のことだった。早く聞きたいというので大急ぎでオーケストレーションをして、俺たちはこの曲を準備した」

「ところで、その頃は、あのガス室で殺された死人を燃やす仕事をしているSonder Kommando（特別部隊）だが、これが今みたいに《火葬場》の建物にいないで、俺たちの収容所でいっしょに暮らして、他の部隊といっしょに俺たちの演奏にあわせて仕事に出ていった。あの頃はまだ火葬場ができあっていなくて、死骸は特別に掘った溝の中で焼いていたんだ。それで、だいぶ腐敗のすすんだ死人たちを処理したりしていたものだから、この特別部隊の連中が通ると何ともいえないいやな匂いがして、吐いたりしないようにあわてて鼻をおさえなければならないといった具合だった」

「そこで問題の行進曲だが、この曲の演奏がたまたまこの特別部隊が俺たちの前を行進している時にぶつかったんだ。むかむかするような匂いに閉口しながら演奏を続けていると、突然、親衛隊付きのメッセンジャーのような仕事をやっているひとりの若い収容者が大急ぎで駆けてきて、すぐに曲を変えるよう、また演奏が終わったらすぐ当局に出頭するようコプカに命令を伝えてきた」

「俺にはこの命令の理由がすぐ納得できたよ。俺たちがちょうど演奏していたこの行進曲は《Berliner Luft》つまり《ベルリンの風》という題だったんだ！」

「演奏が終わると、コプカは親衛隊の小屋に駆けていった。そして十五分ほどすると戻ってきたが、顔はまっ青で、足はヨロヨロし、しきりに両手で尻をなでていた。二十五発の罰だ。ドイツ人たちは偶然の一致だとコプカが言っても信じないで、この場所をわきまえない悪ふざけを計画的なものだとひどく怒ったんだ」

「帰ってくると、思っていた通り、コプカは一言も言わずに、同じ数だけ俺の尻を殴ったよ」

「それで、この日以来、俺たちは、特別部隊が完全に外へ出て行ってしまうまでは決して《ベルリンの風》は演奏しないようにしたものだ」


……………………

「古い収容所からここへ引越して、小屋長がコプカから有名なアルバート・ハメールにかわってから、俺の暮らしもだいぶ楽になった」

「ハメールというのは収容所の中でも最古参の収容者で、ポーランドからきた収容者を教育するために親衛隊が他の収容所からひっぱってきたドイツ人のカポの中のひとりだ。公民権剝奪の緑三角印で、毎朝、小屋の収容者を四十人は殴ってからでないと朝飯を食わないという評判だった。背は中位、どっちかというと華奢な体つきで、ちょっと見たところは、とても怪力の持主には見えないが、これが実は、滅法腕っぷしの強い男だった。俺はある時、ハメールが素手で、棍棒をもった大男と喧嘩しているのを見たけれど、物の数分もしないうちにこの大男はコテンコテンにやっつけられてのびてしまったよ」

「アルバートが、点呼の時といわず、夜の間といわず、小屋の収容者にどんなにひどい仕打ちを加えるものだか、俺たちは新しい小屋に入っていやというほど自分の目で確かめることになった。奴に痛い目に会わされた連中は何千という数だ。自分の小屋ばかりか、他の小屋まで出かけていって休みなく腕をふるうものだから、そのうち他のカポが心配し始めて、アルバートに、ひとりだけ仕事に熱心すぎると他の者の親衛隊での評判がおちると文句を言いにいったほどだ。ところがそれでもアルバートの乱暴はやまなかったので、最後にはとうとう、親衛隊のほうで、これから彼の監督のもとで死人がでた時は、その都度原因についてくわしく報告をださせると奴に通告をだしたんだ」

「ところが、この危険きわまりない同居人が俺たち楽員、とくに俺に対しては実にやさしい友人だったんだ。他の連中の場合だったら、どんなちっぽけな違反も見逃さなかったのに、楽員たちに限っては、ドイツ人の目に触れなければ、ほとんどどんなことでも大目に見てくれた。これは、奴がある特別な理由で俺に親しみをもっていたからだ」

「アルバートにはジャンという名のお付きがいた。ポーランド国籍の若い、顔立ちの美しい青年で、二人はずいぶん親密な仲だったんだが、このジャンが俺の最初の英語の生徒だった。このつながりのお陰で俺は二重に得をしたんだ。つまり、パンやソーセージ、マーガリン、スープの特別配給なんかで支払いをうけた上に、俺のレッスンは小屋でかなりの評判になって、とくに、ハメールが俺に目をかけてくれることになったので、コプカも俺に一目置かざるを得なくなったのさ」

「ところが、ある日、ジャンがこの愛人のもとを去って、他の特権所有者のところへ走るということがおこった。これが感情的なことからきたのか、利害の問題だったのか、俺は知らないが、とにかくこれでアルバートは、手負いの獣みたいに、まわりの部下に対して怒りをぶちまけ始めた。小屋には今までにも見たことがないくらいの死人の山ができた」

「だが、それでも、俺たち楽員は全くこの災難から無事だった。ジャンが出ていってから何週間もの間、夜になるとアルバートは俺たちに甘いロマンスを演奏させた。それで何とか悲しみから逃れようとしたんだろう。そして演奏のあと、奴は俺を部屋に招いて、自分をすてていった愛人あてに熱烈な恋文を書かせるんだ。それが終わると、俺はいつも両手にかかえきれないほどいろいろな食料をもらって帰った」

「こんなふうにして俺はここまで生きのびてきたんだ」

アンドレの酒壜はとうに空になっていた。彼は半ば酔っていたが、それでも彼の話しぶりは明瞭で、それが私には印象的だった。私はいろいろなことを思いめぐらした。それから自分の寝床に戻るために立ちあがろうとすると、アンドレは私をひきとめた。

「いいか、俺がお前にこんなことを話したのは、俺の個人的な不幸をお前に知ってもらいたかったからじゃない。そんなことはつまらないことだ。俺よりももっと苦しんだ連中だっているにきまっているのだから。俺はただお前に今の収容所の暮らしが昔のそれにくらべてどんなものだったか分からせてやろうと思っただけだ。俺はお前に、今の俺たちはサナトリウムにいるようなものだと言ったことがあったが、それはむろん、言葉の綾だ。俺がここにきた時にも、同じようなことを聞かされたものさ。だがそれでも、とにかく、ここの収容者の暮らしはだんだん良くなっているんだ。そしてそれは、外からやってくると番号もつけられずにそのまま火葬場に送りこまれる連中の数がだんだんふえていくのに比例しているんだ。それをお前は分かったはずだ。そしたら、これからは、腹いっぱい食べたり、飲んだりし、良い服をきて、特権所有者の暮らしをするということが俺にとって本当はどんなに辛いことだかも分かるだろう」

私はすぐにこの言葉の意味がつかめなかった。何と言ったら良いのか私は分からなかった。他の疑問が私をとらえていたのだ。それで私はこの疑問をアンドレにうちあけた。

「うん」と彼は答えた。「この質問がくるのは分かっていたよ。誰でも自分にこの質問を問いかけない奴はいない。どうして他の連中が火葬場に行って自分は行かなかったのか、お前は知りたいんだな。よし！　それは簡単なことだ。最初は全く理解できないような気がするが、つまるところは単純なことなんだ。俺たちは、人夫集め係の気まぐれにひっかかって〝有用品〟の区分に入れられ、それでドイツ人たちはしばらくの間俺たちが必要だと思いこんだ。それから、ある者は運が良くて、別の者は気が弱いお陰で、また別の者はためらいを捨てることで、何とか生きのびてきた。そして今では俺たちは収容所の中でも一種の幹部クラスになって、より楽な仕事につくために何人かのドイツ人を動かすことさえできるようになっている。いろいろな意味で、俺たちの楽隊はドイツ軍のすばらしい戦争機構の一部、ちっぽけだが確固とした一部になっているんだ。ドイツ人は音楽なしでは何もできないんだから、俺たちは奴らの機構の欠くことのできない歯車というわけだ。お前がちょっとシャベルを動かすだけでも、いや動かすふりをするだけでも十分だ。あるいは、ちょっと車を押すだけでも、それでもう、お前がどう思おうと、お前はドイツ軍の戦争活動の一部になっているんだ。一方、俺たち〝古参〟は〝百万長者〟たちをそれにふさわしく迎えて教育することもまかされている。といっても〝百万長者〟のうちの大半は最初の困難に耐えられなくて脱落し、〝制度〟に順応して残れるのは何人かにすぎないがな」

「しかし、ひと握りの人類が他の人間をなぜこんなに冷酷に滅ぼしていくことができるのでしょう？　これは全く恐ろしいことです。どう考えても普通の道徳の考え方とは相入れないことだと思います」

「いや、それは簡単なことだ。もっとも考えてみないと分からないがな。ドイツ人はちゃんと考えているさ。このことについては原理さえ理解できれば十分だ。お前は、虱《しらみ》をつぶして後悔したことはないだろう？　ドイツ人にとって俺たちは皆虱なんだ。俺たちというのは、まずユダヤ人で、これはドイツにとってそもそも教義上からしての敵なんだが、その他にも、ロシア人、ポーランド人、フランス人、どれも、ドイツ人から見て奴らのいう王侯民族の範疇に入らない連中は、全部虱なんだ。こうして百年後にはヨーロッパ中にドイツ人しかいなくなり、五百年後には地球全部がドイツ人だらけでうまるということになるわけだ。そうなれば全くこの世は天国さ」

「あなたは本当にそう信じているんですか？」と私は頭がクラクラするような気持で言った。

「いや違う」と笑いながらアンドレは私に答えた。「もちろん違う。そんなことがあるものか。まず第一にこの戦争からしてドイツ人は負けるだろう。一九一四年の時と同じだ。ところが奴ら自身は必ず勝てるという見込みをつけてこの戦争を始めたんだ。それだから、この民族皆殺しの仕事もためらわずに始められた。奴らにとってこの膨大な計画を完成するというのは時間の問題にすぎないんだ。アウシュヴィッツの収容所は十四年間かける予定で建てられ始めたんで、まだそのうち三年たったにすぎない。今のところ、二十五万人分の建物ができあがっているが、これが一九五六年には五百万人収容できるだけの広さにふくらむことになっている。ホースで水を流して、人間の屑を片づけてしまおうというようなものだ」

私は一つの考えにとりつかれていた。

「もし、あなたにドイツ軍は負けるという確信があるなら、私たちはここから生きて出るチャンスがあるのでしょうか？」

アンドレは訝しげな表情で私を見つめると答えた。

「当り前だ」

だがこの返事の調子も私を安心させてはくれなかった。

## 14 《調　達》

ドイツ軍の戦争機構は全能力をあげて活動しているようだった。そして今では火葬場とガス室がこの機構の中枢を占めていることはもはや疑えない事実だった。

私たちの周囲で、ヨーロッパ中から集められてきた人間が日々何千という単位でナチのモロク神の餌食になっているのだった。この生贄の儀式はもう二年近くも続いていた。最初のうちは、働く力を失ったり病気になったりして何の利益ももたらすことのできなくなった者に限って用心深く殺していたのだが、そのうち、どんどん収容所に到着する人数が増えて収容所の必要労働力を越えるようになると、無差別皆殺しになった。ドイツ軍は急いでいた。収容所の中を歩いて横切らせる時間を省くために、特別の線路が——むろん収容者の手で——建設され、これによって到着駅と火葬場の控え室が直結されることになった。

こうして私たちは、演奏時間がくるごとに、生きたバベルの塔が目の前を動いていくのを見ることになった。すなわち、ロシア人、ポーランド人、フランス人、オランダ人、ギリシア人、リトアニア人、その他あらゆる国籍の人間が一団となって、遠くから聞こえてくる私たち楽隊の演奏に送られ、静かに滅亡の地へと進んだのである。

この壮大な絶滅計画は、やがて毎日何ダースもの汽車で到着し始めたハンガリー人の氾濫で絶頂に達した観があった。これらの汽車にはそれぞれ二千から三千の犠牲者がつめこまれていたのである。私たち、以前からの収容者にとっては、この見るに耐えない事実もすでに親しみ慣れてきた光景のはずだった。だが実際に、これら死を宣告された人々の行列に向かいあって、何もなすことができずに立つごとに、私たちは最初の頃と同じような恐怖でふるえあがった。頭が破れそうだった。一方には、収容所の外からやってきて即座に、大量に皆殺しにされる人間の集団があり、もう一方には、収容所内部でよりゆっくり、より計画的に、より経済的に、より効率的に死へと追いこまれていく人間の集団がある――この二つの集団がこうして今並びたっているということをどうしても冷静に受けとめることができないのだった。

毎日、何人かの生き残りが私たち収容者部隊に入ってきた。最近では月に二回になった身体検査のお陰で人員に穴のあくところが多くなっていたので、それをこの命拾いの連中でうめたのだった。彼ら新入りが私たちに向かって発する質問はきまって同じで、私たちはもうすっかりそらんじていたほどだった。「私たちはどこにいるんでしょうか？　私たちの荷物はどうなったのでしょうか？　いつ私たちは家族に会えるのでしょう？」等々。それに対して私たちは、かつて私たち自身がここにきた時誰かが答えてくれたように、早口で、慰め半分、事実半分の答をかえしてやる。すると今度は〝百万長者〟のほうがきまって戦争の情報を話してくれる。彼らは皆、驚くほど楽観的だった。誰も彼も例外なく度し難い楽観家だった。彼らの言うことを聞いていると、ドイツはすでに戦争に負け、至る所で退却し、鉄道車輌もほとんどないという状態で、連合軍上陸が近づいているということだった。

新たに誰か入ってくるたびにくりかえされるこの楽観論は、昔、私たち自身が入ってきた時にもさかんに力説したものだが、今ではもう私たちを動かすことはなかった。ドイツにはもう鉄道車輌がない？よろしい。それでは一体、こうして毎日、未来の死骸を積みこんで到着してくる数えきれないほどの汽車は何なのだ？　しかもこれらの汽車はどれも、ドイツ人が退却したはずの地区からやってきているのだ。いや、結局のところ、そんな真偽もどうでも良いことだ。これらのニュースが一体私たちにどんなかかわりがあるというのだろう。確かにこれらのニュースは昔私たちのよく知っていた世界からきたものだ。だが今の私たちにとって、この世界は永久に埋もれてしまったものなのだ。もっとはるかに具体的な、現実的なものとして私たちの前に存在している宇宙は、この失われた世界とは全く別のものだ。そういう遠い世界からおぼろ気に伝わってくる木霊《こだま》などこの私たちの宇宙を何も変えることはできない。私たちは自分たちの生活をちゃんと自分の手に握っている。私たちは楽隊で暮らし、腹一杯食べ、生きる喜びさえ味わっている。一言でいえば、私たちの現在の暮らしは、向うの自由な世界の人々の暮らしより、よほど快適かもしれないのだ。

一方で火葬場の釜が豊富な人肉をむさぼり食っているとすれば、私たちの収容所ではそれだけ食べ物もふえ、あらゆる種類の地上の富が流れこんできていた。毎日何万という人間を殺せば、その分だけ彼らの荷物や衣類が手に入るのだ。死んでいく人間はそれぞれ彼らの全財産を置いていくより他ない。汽車の到着するプラットフォームは、トランクやいろいろの必要品、食物をいれた袋、小包などの山で足の踏み場もないほどだった。空しく持主がひきとりにくるのを待っているこれらの散乱した品物は積み重ねられた上にも積み重ねられ、しばしば巨大な建築物ほどの高さにも達した。それは途方もなく奇怪な静物画の趣きを呈していた。

……………………

収容所には、これらの富を処理、選別し、転送する仕事を負わされている特別の部隊があった。これは公式には取片づけ部隊という名を与えられていたが、実際には、親衛隊員も含めて、皆〝カナダ〟というあだ名で呼んでいた。カナダとは豊かな国という意味の象徴だったが、事実、〝カナダ〟には何でもあるのだった。

この部隊の人員は最初二百名だったが、この頃では八百名以上にふえていた。彼らの作業は非常に厳しい監視をうけた。腐りやすい食料品を除いてこれら略奪品の大部分はドイツ帝国に送られ、〝貧しいドイツ国民〟に分けられることになっていたからである。だがそれでも、カナダ班員が自分用に限っていくらかの食料を天引きすることだけは大目にみられていた。そして現実には、監視にあたる親衛隊員の数が少なすぎて十分な検査を行えないために、この天引きの枠はきわめてゆるいものだった。

ドイツ人の目をごまかして品物を持ちだす技術にかけてカナダ班員たちは驚くほど熟達していた。彼らの服のポケットは、特別の仕立てによって驚くほど深くできており、巧妙な隠し場もとりつけられてあって、かなり大きな分捕品でも入れることができた。収容所に帰る前に検査があることは皆承知していたが、親衛隊員の手が足りなくてとても全員を調べるまでには至らず、大部分の者は結局そっくり収穫をもちかえることができるということもよく分かっていたのだ。それに、ちょろまかした物を確実に守るためにはもう一つ別の方法があった。品物をよく紐でしばっておいて、帰り道に、鉄条綱越しに収容所内へ投げこむのである。こうすれば検査にも規則通り、すなわち〝手にもポケットにも何も隠さずに〟、大手を振って出られるのだった。一方、収容所のほうでは共犯の連中がカナダ班の帰りを待ちかまえていて、品物をうまく隠し場所にしまいこみ、そのうち監視がなくなってから、皆で公正な分配を行なうという仕組だった。

こうして宝石、結婚指環、指環、金貨あるいは紙幣のドル、時計、煙草、酒、香水、上質の麻布、衣類、チョコレート、ハム、鳥、燻製肉、かんづめ、コンデンス・ミルク、その他ありとあらゆる特選品が寛大なめくら監視人のお陰で絶え間なく私たちの収容所に流れこむことになったのだった。

これは収容所における消費生活の最初の開花だったが、それ以前にも、いろいろな小さな取引ならば、収容所が始まって最初の死者がでると同時に始まっていた。

死人がでるやいなやその隣人たちが本能的に開始する第一のこと、それは死人の持物をあらいざらい剝ぎとるということだった。運があれば、死骸のあちこちから配給のパン、紐の切れ端、小刀、かみその刃、針などを見つけだすことができた。これらの物のうち何でも良いから手に入れて、それを同僚たちと交換すれば、悪くない収入になるのだった。とくに〝裕福な〟収容者が死んだ時などは、その遺産は靴、煙草、金歯等かなりのものになった。

アウシュヴィッツでは死人に事欠かない。それでこういう死人たちから剝ぎとってきた品物でやがて市場が開かれるようになった。

そこにはさらにいろいろな配属先から収容者のかすめとってきた〃商品〃も加わっていた。調理場から、食堂から、衣料品倉庫から、資材倉庫から、はては病院から、肉、油、野菜、衣服、布、収容者治療用の薬品までさまざまな公共品がぬきとられてこの市場にまわしてこられると私有財産に姿を変えて流通した。

これらすべてに、まっすぐガス室に送りこまれる何万という人間からとってきた品物を加えると、最後には、巨大な経済市場ができあがった。そしてそれと同時に特権階級や無産階級、商品価値、経済変動、相場なども生まれた。ここで使用される通貨はかなり以前から決まっており、誰もそれに異を唱えるような者はいなかった。それは私たちにとって唯一の価値基準となるものだった。これがなければどんな品物に値をつけることもできないのだった。この通貨単位、それは煙草だった。

インフレにならって、この煙草がたくさん市場に流れこむ時には、通貨価値の下落がおこり、逆に、煙草の欠乏期には、通貨単位を分割しなければならないこともおこった。吸がらもそれなりの通貨価値があった。〃通常〃時——すなわち商品の供給が正常状態にある時——には、パン一個につき煙草十二本、五百グラムのマーガリン一包み三十本、時計一個八十—百本、酒一リットル四百本という具合だった。

独立した主権をもつ国家として私たちには外部との貿易関係もあった。取引先の中でとくに重要だったのは、いくつかの部隊に収容所外から技術者としてやってきている民間の労働者で、彼らは、布、衣類、靴等、ビルケナウ収容所の収容者からしか手に入れることのできない品物を大量に買いこんだ。

朝、野外労働に出ていく部隊の中には、縞の収容者服の下に新品同様の背広を着こんで、上等の靴をはいている者がかなりいた。そのポケットにはいくつもの高価な宝石や金製品が用心深くしまいこまれている。そして夕方には彼らは古靴や木靴をはき、収容者服だけで帰ってくる。だがこうして外に置いてきたものとひきかえに、今や彼らのポケットには上等のブランデー、新鮮なバター、自家製のハム、高級なドイツ煙草などがぎっしりつまっているのだ。

これら商活動は、収容所内部のものも外部とのものもひっくるめて〝調達〟という名で呼ばれていた。誰もこの名の由来を知っている者はいなかったが、収容者も親衛隊員もすべてこの名を使っていた。

# 15 《名誉収容者》ラインホルド

買う、譲りうける、交換する、恵んでもらう、盗む等々の手段によってあらゆる必要品を手に入れること、それが〝調達する〟ということだった。

ほんのパン一切れを手に入れることも調達なら、上等のパン十個を獲得するのも調達だった。ボロ切れも上質の麻布も、一本の煙草も千本の煙草も、一リットルのスープも一樽のスープも、板一枚も小屋一軒も、全部、同じ調達の対象だった。何でも調達された。私たちは音楽室を拡充し、居心地よくするためにあらゆる資材を調達した。ドイツ軍当局はこの改築工事に許可は与えてくれたが、それに必要なものは一切だしてくれず、ただ〝自分たちで調達しろ〟としか言わなかったからである。それで私たちは、アコーディオンのレッスンおよび作業監督には新しい音楽室で練習する権利を与えるという交換条件で同じ小屋にいた建設部隊に資材の供給と改築作業を頼んだ。その結果、私たち楽隊は豪華な設備のある気持の良い音楽室を調達し、一方、作業監督のほうはこんなに安く音楽のレッスンを調達できたことに有頂天になるという具合だった。私たちが、ガス室に送りこまれたチェコの楽員たちの遺品である九個の譜面台を手に入れた時は、翌日、早速私たちは方々でおきまりの質問を受けたものだった。「どこからこんな立派な譜面台を調達してきたんだ？」

晩の点呼が終わると、大部分の収容者は調達に駆けまわり、消燈時刻を過ぎてまでまだ取引の終わらないこともしばしばだった。収容所のあちこちに、いくつもの商売人のグループができた。彼らは身ぶりをまじえて熱心に取引をし、ドイツ人の制服姿が見えると、くもの子を散らすようにかき消えるのだった。

そのうち、もっと安全で取引専用に使える場が設けられ、ここに、泥棒や乞食、売手や買手等、あらゆる種類の関係者が集まることになった。それは便所である。これは、外側は他の建物と変わらないが中がいくつもの便所になっているある小屋を利用したもので、一度に六百人の人間が集まることができた。ここが収容者たちの大取引場となり、商売人たちは剃刀の刃をソーセージと、裁縫糸を前の晩のスープの残り一リットルと、かびのはえたパン一人前を煙草の吸がら数個と、柄を研いでナイフ代りに使えるようにした匙一本をチーズ一個と、サッカリン少々を生あるいはいためたじゃが芋と交換した。ここでは、すべての商品価値を煙草の本数に換算することによって、何と何でも交換することができた。こうしてこの便所は、無産階級の取引場、収容所の蚤の市となった。だが体面を重んじる収容者は、好奇心でくる場合は別として、生理的欲求以外の理由でここに出入りするわけにはいかなかった。カポやその他の収容所幹部のためには便所の一角に専用の場所が設けられていたからである。ここには普通の収容者は入ることができず、もし隠れてもぐりこんだりしようものなら、いやというほど殴られるか、見せしめのために便壷の中に投げこまれるのがおちだった。

この他に特権所有者たちの個室で特別の市が開かれることもあった。この場合は、場所が十分に外から隔離されているために、しばしばひやひやすることの多いこの密取引も安全に運ぶことができた。ここでは時計、宝石、金歯、ドル、指環、ペンダントなどが百本単位の煙草、食料、菓子、建築資材と作業のための人手などと交換され、時には、親衛隊員が共犯に加わって、脱走用にドイツ軍の制服が取引されることさえあった。

カポや小屋長たちは二人部屋あるいは三人部屋をもらうことを暗黙のうちに認められていた。これらの部屋はきわめて気持良い作りになっており、清潔なシーツ、枕、十分な枚数の毛布がついた個人用ベッドと炊事にも使えるストーブが備えつけてあった。格子窓にはカーテンがかかり、床には敷物が敷かれ、その他にもいろいろなものがそろっていた。これらの特権所有者はまた、部屋の掃除、料理等の雑役をやらせるために〝メッセンジャー〟と呼ばれる一種の下男を雇うことも許されていた。この〝メッセンジャー〟は普通主人のために言いつけられたものを調達する仕事をまかされていて、毎晩市にでてはこれらの調達品をできるだけうまい値で手に入れてこなければならなかった。

板、仕切壁、ベニヤ板、柱、扉、窓ガラス、屋根等、小屋ごとに平均して四つはあるこうした個室を作るための建設資材はどこからやってきたのか？　ドイツ軍当局は、アウシュヴィッツ収容所の建設計画にこんな部屋は入っていないという理由でむろん資材などくれるはずはない。これらはすべて、何人もの手を使ってドイツ帝国からちょろまかしてきたものを調達によって集めたものなのである。

〝調達人〟にも、その財力に応じて、大中小があった。収容者たちはどれだけの調達手段をもっているかということで尊敬されたり、されなかったりした。中でも何人かのエリートはその地位を利用して莫大な調達活動を行なっていたが、これらの場合はあまりに規模が大きく、またかなりのドイツ軍人が取引にひきずりこまれていたために、監視の範囲を越えるほどだった。これらエリートのうちでも最も有名だったのは建設部隊のOberkapo（カポ長）のラインホルドという男だった。

十数年も収容所生活を続けているラインホルドは、ほとんどあらゆるドイツの収容所を転々とした後に、最後にアウシュヴィッツにやってきたのだった。最初は緑三角印だったが――多額の脱税が発覚して逮捕されたという噂だった――最近、〃特別な功績〃を認められて、この印をつけることを免除されたところだった。こんな特権を与えられたのは全収容者のうち彼ひとりだけで、このことから彼は誰からも〃名誉収容者〃の扱いをうけた。この時には同時に髪をのばしても良いという特別許可も与えられたが、このほうの特権は彼は享受することができなかった。全くのつる禿だったからである。

カポ長ラインホルドの暮らしぶりは皆の驚異の的だった。彼は朝食に卵とハムを食べ、本物のコーヒーにまじり気なしの牛乳をいれて飲んでいた。彼の食卓は収容所長のそれよりよほど豪勢だという評判だった。彼の部屋の床下は秘密の地下倉になっており、そこに彼はドイツ産およびフランス産の最上のブドウ酒、上等のリキュール、十何リットルに達する純良アルコール等を貯えていた。それで親衛隊員にとっても彼から食事の招待をうけるということは大変な喜びだった。ラインホルドはまた小屋の中の個室の他に、毎日彼の部隊と働きに出かける仕事場にも個人用の小さな小屋をもっていて、それは考えられる限り快適な作りになっていた。

彼の地位から考えてもラインホルドが動かしていた取引というものは莫大なものであり、それだけで一冊の本が書けるほどだった。

収容所当局からまかせられた建築資材すべてを自分ひとりで管理していたラインホルドは、公式には三カ月に一度、使った資材と、した仕事の詳細な報告を提出するよう義務づけられていたにもかかわらず、そんなことは全く無視して、誰にも何の説明もせず、ただ自分に良いと思われるようにどんどんこれらの資材を動かしていった。

ラインホルドの部隊には八百人の収容者がいて、そのうちの六人ほどがカポだった。調達に関していえば、このカポたちが建築資材を上等の食料品や貴重品と交換する交渉をまかせられており、彼らの仲介によってアウシュヴィッツ周辺に住む特権収容者たちは自分たちの個室を建てたり改造したりするための資材をラインホルドから手に入れていたのだった。

冬になって燃料が欠乏してくるようになると、暖房用に腰掛、机、寝台等の家具が片っぱしから取引されて、なくなってしまうこともあった。

だがラインホルドの取引相手のうちで最も数が多く、大切だったのはドイツ人たちだった。なかでも家具は、親衛隊員、将校、下士官、兵士などからくる高級品の注文をさばくために、二十人近くの専門の指物師をかかえて仕事をしているほどだった。これらは皆、収容所近くにある彼らの住居用の品物で、大変贅沢に作られた。居間、書斎、寝室、乳母車、運動用具等、さまざまなものがどれも入念に仕上げられ、ニスを塗られたうえで次々とドイツ人に引き渡されていった。こうしてドイツ人は良いお得意だったが、その結果は、それだけアウシュヴィッツ収容所の施設の建築計画が犠牲になるのだった。

ある時ラインホルドの釈放が問題になったことがあった。その時、彼はパーティーを開き、その席上、招待客である何人かの親衛隊員の目の前で、最近六カ月間だけで小屋三十五軒分にあたる資材を横領してきたことを堂々と言ってのけた。

この勇ましいエピソードに皆はドッと笑った。それからラインホルドのすばらしい勲功に敬意を表して一同は乾盃した。ラインホルドの健康を祈って、次には収容所長の健康を祈って、最後には総統の健康を祈って、次々と盃があげられたのだった。

# 16《カナダ》

音楽はここでは贅沢品であり、それ故に立派に〝調達〟の対象となる商品だった。楽員たちは皆このことを良く心得ていて、贅沢をする余裕のある連中と巧みに話をつけては自分たちの才能を高く売りつけた。地位が固まり、収入が安定して、食料補給の手づるも心配なくなった収容所幹部の多くは、楽員をよび、内輪で音楽を聞くのを楽しみとしていた。

注文は楽長を通じて行なわれ、その裁量に応じて楽員三人、四人という具合に〝貸出〟されるわけだが、この許可は楽長の調達活動の一部である以上、むろんただではおりない。

これらの内輪な音楽の催しは、大抵の場合、誕生日、入所日、カポの守護聖人日——これは本人の友人たちがにぎやかに祝ってやることになっていた——などの名目で行なわれた。

この祝賀式には伝統的に二通りの型があった。

一つは、早朝、起床時間の前に行なわれるもので、この時は指名された楽員は皆よりずっと早く起きだして、楽器の支度をすませ、起床を告げる鐘の鳴りだす少し前までに依頼人のベッドのまわりに集まる。そして鐘が鳴り始めるや否や、高らかに勝利の行進曲が吹き鳴らされ、それで眠っていた当人は快い目ざめを迎える。彼はこの細やかな、予期せざる——と称する——心遣いに感激し、目ざまし楽師たちに贈り物を振舞う。最後に、ものういメロディーが何小節か鳴り響いてこの祝賀式の第一部は終りになる。

二つめのほうは、普通、夜、点呼のあと幹部たちの個室で行なわれた。この場合は楽員の数がもっと多く、内容にもより変化があった。依頼人とその友人たちはテーブルにつき、ご馳走を山のように平らげている。すっかり酒がまわったところで音楽が始まり、皆は演奏される故郷の歌にまだ自由だった頃の思い出をたどりながら敬虔な面もちで聞きいる。この祝いの最中に親衛隊員があらわれることもあったが、そのために儀式が乱されるということはなかった。それどころか、彼が加わることによって集りはますます活気を増し、一同そろって盃があげられ、声を限りに歌が歌われ、祝いの宴は深夜にまで及ぶのだった。

だが、これらの祝いの中でも、カポ長ラインホルドの誕生日を祝して開かれるものほど豪華なものはなかった。

彼は、小屋の全員が宴に加わることを望み、さらにその上、親衛隊員のほぼ全員を招待した。ラインホルドはまずオーケストラ総員による奏楽で目をさます。ベッドから絹のパジャマ姿で出てきた彼は、目をこすりながらおもむろに戸棚に向かい、そこから何百本という煙草をとりだして気前よく楽員たちに分け与える。次にリキュールの壜を何本かだすと、これも順番に楽員ひとりひとりと握手をかわしながら飲ませてまわる。私たちは感謝の意をこめて別の曲を演奏し、その間、続々と祝いの客がつめかけてくる。そして三十分後、王子のように着飾ったラインホルドが仕事場に向かうべく彼の建設部隊の先頭に立って歩み始めると、私たちはそれまで演奏していた行進曲をやめて、彼の好みの曲にきりかえて出発を送るのだった。

夜には、盛大な宴会が小屋で開かれ、ひき続いて深夜まで舞踏会が催されるのが慣例だったが、これは大都会の最も洗練された宴会や舞踏会にもひけをとらないほどだった。

…………………………

こうした華やかな宴がしょっちゅう収容所内部で開かれている間も、外ではきちんきちんと大量の人間が焼かれるために到着し続けていた。

これを処理するための〝特別部隊〟はとても人員が足りず、毎日、ガス室行きの連中の中から何人かひきぬいてきて補強にあてなければならなかった。この幸運な男たちはこうして焼かれる代りに、焼くほうにまるわけだった。

〝カナダ班〟も同様に人員不足で悩んでいた。それで比較的人手の余っているいくつかの隊から応援が送られたが、それでも間にあわず、とうとう、私たち楽員にカナダ班助太刀の運がまわってきた。

この労役に割当てられた三十人の楽員は有頂天だった。カナダ班員にくりこまれるということは全く棚からぼた餅というところだった。ここほど調達の成果のあがる所はないのだ。

悔いの心がおこったり、良心の呵責に悩まされるようなことはなかった。私たちにこの屍体の氾濫をくいとめる力はないのだ。それならどうして、こうして私たちに与えられた日々、恐らく地上での生活のしめくくりになるに違いないこれらの日々をできるだけ要領よく利用しない法があるだろう。

私たちは喜々として新しい仕事場に向かった。

最初のうちは失望が続いた。私たちに課せられた最初の仕事は最悪のもので、そこで私たちがとり扱ったものはとうてい調達しようのないものだった。

着いたばかりの列車から人間と荷物を全部おろしてしまうと、各車輛には、乗客たちの生理的欲求を満たすために使われた大きな容器が残る。それらの容器にふちまでなみなみと入っている中身を専用の車にあけるのが私たちの仕事だった——この労役には元々一つの部隊があてられていたのだが、この部隊は目下、どこか近くのつまってしまった下水の修理にあたっているのだった——。私たちはこうして汚物がいっぱいに満たされた車を停車場から二百メートルほど離れた所に掘られた大きな穴までひっぱっていき、そこに放出するわけだが、この作業は皆から死ぬほどいやがられ、毎回毎回これを逃れるために私たちは争いあった。というのは放出のために車の底についている大きな栓をひきぬく時、反動でその栓の係の者は頭から放出物をかぶってしまうのだった。何度かこういう往復を続けたあと夕方になってやっと仕事から解放される頃には、私たちの体にはこの何ともたまらない悪臭がしみついて、これは着物をきかえてもとうていおちるようなものではなく、仕方なく私たちはこの匂いとともに演奏に行かねばならないのだった。

しかし幸運にも私たちの絶望は長くは続かなかった。清掃部隊が下水修理の仕事を終わって本来の任務に戻ったからである。私たちはようやく肥溜から解放され、カナダ班の任務にいくらか近い仕事をあてがわれた。

だがこれもスムーズにいったわけではなかった。カナダ班の連中は彼らの領分を荒らしにやってきた私たちを白い目で見た。彼らは企んで私たちを最後方に追いやり、荷物を除いたあとまだいろいろごみや屑の残っている車輛の掃除を押しつけた。これらのごみや屑を小さな車に乗せ、収容所内部に運びこむのが私たちの新しい仕事だったが、これはつまるところ前の仕事と大した違いがあるわけではなく、依然として私たちの不満はつのるばかりだった。

しかしとうとう、チャンスがやってきた。収容者列車は次から次へと絶え間なしに着いていたので、一つ汽車を清掃する間もなく次の汽車がやってくるような具合だった。これを私たちは利用した。収容者たちがあわただしく列車から降りていく際の混乱を見はからって私たちはついに手荷物に手をかけ、中身を調べるところにまでこぎつけたのである。私たちはそれぞれ値うちのある包みを自分用にとると、親衛隊員やカナダ班に見つからないように車に積みこむごみの中にこれを隠して外へ出た。ドイツ人たちがごみの中まで調べないことは分かっていたから、こうして私たちは収穫物を小屋までもちかえることができた。

カナダ班との共同作業は大いに調達の成果をあげながら数週間続き、それが終わると今度はEffectenlager（荷物置場）に私たちは行った。ここは、選別を終わった収容者たちの持物をドイツ国内に送りだす前に集めて置いておく巨大な倉庫だった。

鉄条網で囲まれたこの場所に入ると、外見は私たちの小屋にそっくりの建物が二列に並んでいる。私たちの小屋と違うのは、収容者の姿が全く見あたらず、その代りに物ばかりがあることで、それぞれの小屋には収納してある品物の名前が記されている。衣類の小屋、靴の小屋、毛布の小屋という具合である。片隅にはごみにだすいろいろな品物が山のように積んである。眼鏡、祈禱書、おもちゃの人形、写真、パスポート、杖、傘などが私たちの目に入った。

この荷物置場では区分け、整理、保管等一切の仕事が収容者の中から選ばれた専門の職員の手に委ねられていたが、そのために彼らは一歩も外に出ることを許されていなかった。これらの職員の大半は若い、美しい女性で、エレンガントな粧いをこらし――縞服ではなかった――、平時に町で出会ったらいずれも上流の婦人に見えそうな洗練ぶりだった。唯一の相違は他の収容者同様に胸によく目立つように登録番号を縫いつけてあることだった。

むろん、彼女らの着ているものも食べているものも調達の産物だった。うなるほど富のつまった建物を何十となく管理し、何百万という日用品の選別をまかせられている以上、彼女らが、ほんの何百メートルしか離れていない所で、ひどい悲惨にあえぎながら暮らしている肉親たちと全く違う境遇にあるのは当然だった。私たちが眺めて楽しんだこの魅力的な女性たちは、カーテンのかかった窓があり、最高級の設備をほどこした小さな小屋に住み、それぞれ個人用のベッドに寝て、シーツは定期的にかえ、毛布も厚くて可愛らしいのをかけていた。彼女たちはおしろい、香水、オーデコロン、絹の靴下を使っていた。頭はとみると、まるでパリの第一級の美容師の手で念いりに整えてもらったばかりのような髪型だった。自由を除いて、彼女たちは女の望みうるすべてを手にいれていた。愛情さえ例外ではなかった。近隣の男たち、収容者や親衛隊員等その対象に不足はなかったからである。

荷物置場とその所有者のない富の山を見て外に出てくると、まるで夢の国を通ってきたような気がした。

だが、この魅惑はすぐに消滅する。この夢の国から鉄条網で隔てられた十メートル向うには長方形の巨大な火葬場の煙突が立ち、そこでは、今しがた別れてきたばかりのあの魅力的な女性たちが扱っていた無数の荷物の元の持主たちが絶えず焼かれ続けていたのである。

# 17　この日も他の日と変わらなかった

私はドイツ人のために一言のべておかねばならない。いろいろ流布されてきた風説とは違って、ガス室への行進、銃殺刑、絞首刑、笞刑等の残酷な儀式を盛りたてるために音楽が使われたというのは正しくない。確かにこういう状況で私たちが演奏することも少なくはなかったから、この一致が意図的なものだと思われても仕方ないかもしれない。だが本当は、これは二つの活動系統の管理がうまくいっていなくて偶然に重なった結果にすぎないのである。

収容所内にある無数の部局間の連絡の悪いことはここの最大の特徴であり、ドイツの強制収容所のマキャベリ的な組織を理解するためにはこの点をよく理解しておかねばならない。収容所内での生活によって人間の精神がどんな傾向を帯びてくるかという問題は専門家の手で詳細に研究されていたが、この研究の要点は人間の弱さ、すなわち人間の徹底した下劣さ、自己保存欲求の根強さ、罰されさえしなければどんな違反でもやってのける生来の傾向等の点を十分に認識しておくことにあった。

自分たちの安楽しか考えない特権的な収容者たちのあり方、弱者に対する強者の軽蔑、健康な者が死にかかっている者に向ける無関心のまなざし、収容所内部で栄えている闇市、〝上等の商品〟を残して死んでいく人々が到着してくるのをおさえがたい喜びをもって迎える〝調達人〟等々のすべては、これらドイツの専門家の心理学上の推論の正しさを裏づけていた。

〝良心的〟な収容者にとって、収容所の命令のすべてに従うことはとてもできないことだった。ここで模範的な収容者であろうとすることは、町の広告全部をそのまま信じこんで宣伝されている商品のすべてを買おうとするようなものだった。

収容所内にはいくつかの局があり、その下にはそれぞれ全く相互の連絡を欠いた部が無数にあったが、そのすべてから命令が乱れとぶのだった。至る所でいくつもの指令があふれかえり、そのどれもがまるで正反対のことや矛盾したことを内容としている有様だった。違った部署から違った目的で発されてくるこれらの指示はいずれもそれぞれ勝手な了見に基づき、ドイツ軍の計画の基本線のことなど全く考慮にいれていないという点で共通していた。命令には管理上のもの、衛生上のもの、食料上のもの、統計上のもの、経済上のもの、衣服上のもの、規律上のもの、美観上のもの等があったが、いくつもの命令が重なると、一体どこから手をつけたら良いか分からないほどだった。この混乱を見るとドイツ人は計画だけは壮大なものを立てられても、それを遂行する能力はないのではないかと思えるかも知れない。だがこの〝無能力〟の結果もたらされるものをよく眺めてみれば、この混乱が実は現在ばかりか将来何世紀にも及ぶ展望に基づいて周到に予測され、期待されたものであることが分かるだろう。

私たちの監獄の活動状況に目を投じてみよう。

まず収容所の至る所に道徳的な標語がばらまかれているのが目につく。入口には「働くこと、それが自由への道である」とあり、小屋の隅にはどこにも「自由への道は一つしかない。正直、勤勉、清潔、労働、服従、上官に対する尊敬」という金言がでていた。

ところが収容所のこの環境の中で生きのびるためには収容者は徹底的に道徳観念を放棄しなければな

らなかった。彼の唯一の懸念は、先に述べたように、違反をその場で見つからないように気をつけるということだけだった。収容所にきて数日でも生きのびられているようなら、その収容者はこういう恥ずべき厭世主義をすでに完全に理解していたと言えよう。

次に収容者は可能な限りの肉体的努力を払ってドイツ軍の戦争機構に協力することを求められていた。

しかしここでの労働管理は前に述べた通りだったから、まともに働こうものなら、数日のうちに弱りきって、その結果は、殴られるか、選別でおとされるか、いずれにせよ抹殺されるのを免れるわけにはいかなかった。ここで生きていくためには監視人の目を盗んで働くふりをしながら怠け、一方で調達に力をいれて物資を補給しながらやっていくより他に道はなかった。

この収容所には近代的な病院があり、そこには有能な職員とさまざまな医療設備がそろっていて、病人には白パン、小麦粉、砂糖、麵類等の補助食も用意されていた。

だが、病人のうちに間もなく回復し仲間のところに帰れる見込みのある者がいる時でも、管理の慣習上、定期的に入院患者はひとり残らずベッドから追いだされて火葬場にやられてしまうのだった。完全に治って退院しようとしている病人もいっしょだった。

収容所には理論的には全収容者に十分な量の食料が供給されているはずだった。どれだけの食料が収納され、配給されたかということは、毎日公式の報告がドイツ軍の補給センターにいっていた。この報告には、子供、虚弱者、病人、老人、妊婦等それぞれの部類に分けて規定の食事量が明記されていた。

しかし実際には配給分の食料を定期的に着服することは親衛隊員自身が大目にみるばかりか、そこから自分の個人的利益を得るためにそそのかしさえしていたことなのである。そのために調理用の食品は取扱いの係の手によってごまかされては調達市場に流され、収容者ひとりひとりに対する配給分はそれだけ絶えず減り続けていた。収容者の受けとるスープには脂身や肉やじゃが芋のかわりに、林檎やキャベツの芯や皮屑が入っていた。だがそれでも当局には、検査があればいつ何時でもここの収容者が前線にいるドイツ軍兵士と同じくらい良い栄養状態にあるという証拠を提出できる用意があるのだった。

こういうでたらめな状態にもただ一つの例外があった。これだけは動かしようのないもので、今数えあげてきた無秩序もすべてこの点を中心にして回転しているのだった。それは収容者数の勘定の厳格さである。毎日行なわれるこの勘定の結果は、ただひとりの例外もなく登録されている数と絶対に合わなければならなかった。死んでいようと生きていようとそれはかまわなかったが、とにかく数があっていなければならなかった。ひとりでも欠けていると、どんな天気の時でも私たちは全員点呼の場に残され、欠けている者が見つかるまで解放されなかった。そしてようやく見つかったその当人は二度と生きてその姿を見せることはなかった。

命令と実際の間の頻繁な食い違いのために混乱はますますひどくなっていった。そして私たちの演奏もこの混乱に拍車をかけるだけだった。私たちは内心イライラしながら一方では平気でこのドンチャン騒ぎに加わっていった。そうすることによって演奏するほうも聞くほうも憂さを晴らしたのだった。

……………………

この日も、他の日と同様、四つの火葬場は全力活動していた。それでもさばききれない死体は仕方なく、火葬場ができる前に使っていた堀をひろげて処理していた。やけた脂肪から出てくるまっ黒で刺激的な匂いのする煙がいつものように厚い雲となって空をおおい、私たちの頭上にたれこめて、まるで私たちをさらっていこうとしているかのようだった。

この日も他の日と変わらなかった。しかし誰にでもというわけではなかった。この日は、私たちの司令長官、突撃隊長シュヴァルツフーバーの誕生日だった。親衛隊員たちは準備に大童《おおわらわ》だった。フランツ・デニシュもそわそわしていた。彼は私たちの存在を見直してこの何日かの間お祝いの大音楽会のために私たちが特別に練習するのを許可してくれていた。そして収容所長の登場を迎えるためにトランペット用のファンファーレを作曲させ、当日は、予定時間よりずっと前に楽器をもって席に着いているよう私たちに厳命した。

私たちは定位置につき、演奏を始めながらボスの到着を待っていた。時々、死刑囚たちの長い列が通りすぎていった。ある者は歩き、ある者は荷車にのせられていた。私たちの演奏に気をひかれて彼らは一様にこちらを振り向いた。

フランツ・デニシュは絶えず入口のほうに駆けていっては、まだ司令長官の車がこないか見張っていた。やがて遠くに車が見えてくると彼は急いで私たちにそれまでの演奏をやめ、きょうの主人公のための儀礼演奏の用意に入るよう命じた。

生贄たちの群れはぴたりと動きを止めた。司令長官の車が姿をあらわし、入口の前でとまった。物音一つしなかった。動いているものといえば、ただ空の中をのぼっていく煙だけだった。車のドアがあくと制服に身を固め、新しいヘルメットをかぶったシュヴァルツフーバーの洗練された姿が中からあらわれた。

その瞬間、トランペットの喜びに満ちたファンファーレが鳴り響き沈黙を破った。収容所長は帽子のひさしに右手をかけ、気をつけの姿勢をとった。デニシュは帽子をとり、身をこわばらせ、吸いこんだ息をとめたまま上半身をふくらませてそばに立ち、司令長官のどんな指示にもすぐに駆けだせるよう構えていた。親衛隊員たちは総員がそろい、いずれも過失を恐れる気持から凍りついたように不動の姿勢で立っていた。

トランペットが鳴り止むと同時に私たちはプログラムの最初の曲を演奏し始めた。その間に車からひとりの夫人と六歳から八歳にかけての年頃の二人の子供が降りてきた。シュヴァルツフーバーの家族だった。婦人は若々しく、健康で、美しく、魅力にあふれていた。彼女はいかにもいとしそうに夫の腕をとった。ブロンドの髪をした、天使のように愛らしい二人の子供がこの幸せな夫婦をとり囲んだ。司令長官は私たちの収容所を指さしながら家族に何やら話していた。多分彼は、愛する総統の敵たちがどんなふうに罰され、懲らしめられるか説明していたに違いない。だが、空を黒く染めているこの煙が何からでているのかということは、彼は話さないに違いない。またこの瞬間にも、火葬場を指揮している部隊長モールが幼い子供たちを弄んでは彼らの小さな頭を壁にうちつけて潰し、また銃撃の腕をみがくために若い母親たちの下腹部めがけて弾丸をうちこみ、それで倒れると今度はさらに乳首をねらって発砲している事実も口にださないに違いない。

収容所長シュヴァルツフーバーは私たちに《祖国、汝が星よ》を演奏するよう命じた。

なぜ私たちは、彼の命令に従う代りに、彼の二人の愛らしい子供を奪いとって火の中に投げこみ、他の多く人々が味わっている苦しみをこの親たちにも味わわせてやることができないのか？

……………………

この日も他の日と変わらない一日だった。だが前夜収容所から逃亡を企て、失敗してつかまえられた三人のロシア人にとっては別だった。

ちょうど諸部隊が収容所に帰ってきたところだった。ふだんなら点呼にでかけなければならなかったが、その日は小屋の前から離れることを禁じられていた。そんなことははじめてだった。やがて私たちは検査をうけたあと、全員小屋の前に集められた。陰鬱な空気があたり一帯にみなぎっていた。

私たちの正面には数メートル離れた所に絞首台が三つ立てられていた。脱走者の首つりを見ることは珍しくなかったが、きょうは少し様子が違っていた。しばらく前から大砲の響きが聞こえていた。それはまだ私たちが見離されてはいないことを私たちに思いおこさせた。ロシア軍が前進を続け、ここから百キロと離れていないところで戦闘が行なわれているのだった。

親衛隊員全員がそろって収容所に入ってきた。階級の別なく、彼らは全員自動小銃を携帯していた。収容所の住人のほうもひとり残らず処刑場に集められていた。それからうしろ手に縛られた三人の処刑囚が連れてこられた。私たちの怒りが高まるにつれて親衛隊員たちの不安もつのっていった。彼らは神経質そうに銃を空中に向けて動かした。一方、収容所をとり囲んでいるいくつかの見張台からも小銃が私たちに狙いを定めていた。三人のロシア人はそれぞれの首つり縄の下にしつらえられた高い台の上にのせられた。うめき声が聞こえ、恐ろしい沈黙がそれに続いた。いあわせた者の神経の高ぶりは頂点に達した。相変らず大砲のにぶい響きが遠くから聞こえていた。

素早く三つの環が死刑囚たちの首に掛けられた。その瞬間、男たちは力の限り、誇らし気に叫んだ「お別れだ、仲間たち！　俺たちの仇をうってくれ！　人殺し、くたばれ！　スターリン万歳！」

ガタンと台がひかれた。生命を失った三つの肉体がピンと張った綱の上にぶらさがっていた。ドイツ人たちは銃による威嚇を続けながら収容者たちの列を解放させた。彼らは皆が処刑場から散っていくのを見て明らかにホッとしているようだった。

「さあ、《ドイツの樫の木》をやるんだ」とひとりの親衛隊員が私たちに叫んだ。

この行進曲の高らかな響きにのって集りは終りを告げたのだった。

……………………

この日も他の日と同様の一日だった。

夏の日の照りつける午後、私たちは看守の求めに応じて演奏していた。だが彼らが本当に演奏を聞いているのかどうかは分からなかった。演奏を聞きながら同時に彼らはボリュームをいっぱいにあげてラジオをかけていた。私たちは演奏しなければならないから演奏しているのだった。ドイツのオペレッタの序曲を私たちはやっていた。

ちょうどフルート演奏のドクターが長々とソロをやっているところで、彼は身も心も演奏にうちこんで吹き続けていた。多分、彼はそうすることで現在の自分の境遇を忘れようとしていたのだ。あまりに演奏に没頭していたために彼は裸の女たちをのせたトラックの列が外を通りすぎ、火葬場に向かって走り去っていくのにも気がつかなかった。

やがて序曲は終わり、フルート奏者は自分の演奏に満ち足りた表情で楽器を置いた。

トラックは角を曲がってもう見えなくなっていた。

このトラックにのせられた女たちの群れの中には彼の娘もいた。

# 18　恋人たち

私たちにとっては利益の多いこの宙ぶらりん状態がしばらく続いたあとカナダ班の編成が公式に規定されることになって、私たちは残念なことに他の職務へ移されてしまった。

あまりに着古された衣服や、死人あるいは病人の衣服は再使用のために消毒に送られることになっていた。これらの衣類を各小屋から集め、虱とりセンターの役を果たしている赤レンガ作りの大きな建物に運んでいくのが私たちの今度の仕事だった。この建物は火葬場のすぐ近くにあってしかも外観がそっくりだったため、悪ふざけの好きな連中は行先を間違えないようになどと私たちに注意してくれたりした。

しじゅう虱でいっぱいの衣服や下着と接触するために、私たちは運搬の度に身につけている一切のものを体ごとよく消毒しなければならなかった。この結果私たちは、列車到着後の選別をかろうじてきりぬけ、消毒儀礼を受けている男や女の群れの中に入ることになった。日がたつにつれて、この群れはふくれあがっていき、作業が間にあわなくなって、私たちは消毒もすまないうちに追いかえされるようになった。最後にある日私たちはもう〝商品〟をもってこないようにと言われた。ジプシーの収容所にもっと規模は小さいが同じような施設が最近作られたからそっちに行くようにということだった。

一九四三年の三月に作られたジプシー収容所は奇妙なほど以前のチェコ人の収容所を思いださせた。そこでは子供、女、老人、壮健な男たちが共同生活を営んでいた。だが外からきた者にはひどく不快に感じられるある決定的な相違点があった。

ジプシーたちの生活は表向きは家族単位のまとまりをもっているように見えるが、実際にはけがらわしいバラバラのごたまぜにすぎなかったのである。そこら中不潔に満ち満ちて、伝染病が蔓延し、この収容所のためだけに半ダースほどの病室を作らなければならないほどだった。ジプシーたちはてんから医療をうけることが嫌いで、立っていることができないようになってはじめて病院に収容されることに同意するという有様だった。そのためにこれらの病院も結局は死への待合室にしかならなかった。

一つ家族の中ですら互いに相手を貪り食って暮らしているのだった。父親が子供や妻の配給を横取りして煙草やその他の嗜好品と交換すれば、若い者も若い者で機会があれば同じことを老人に対してしていた。

ジプシーは皆慢性の煙草中毒にかかっていた。私たちはしばしば八歳から十二歳ほどの年齢にしか達していない男の子や女の子が、煙草を吸ったり、吸がらをせびっているのを見た。娘たちは煙草を手に入れるために、どんなものとでもひきかえに身を売っていた。最も美しい娘でも煙草十本が相場だった。もっとずっと安い、煙草一本か二本、時には半本という値の娘もいた。中にはほんの一口、二口吸わせるだけで体をまかせる者さえいるという噂だった。

これは周知のことだったので、そのためにジプシーの収容所へ作業に行きたがる者もずいぶんいた。アウシュヴィッツ第一収容所には収容者用の慰安所が当局の手で設けられていたが、そこには誰でもが行けるわけではなかった。監督部局から定期的にかわるがわる許可のおりた者だけが行けるのだった。

このためにジプシー収容所はあらゆる種類の訪問者でにぎわい、その様子はアラビアの市のようだった。

しばしば出かけているうちに私たちは必然的にジプシーになじみの顔になった。彼らは私たちが朝晩となりの収容所で演奏している楽員であることを知って、彼らの収容所の楽員との交歓演奏を望んだ。この楽隊は人数も多く、それぞれ私用の楽器をもっていて、私たち同様、上官の前で演奏したりしていたが、ギターとヴァイオリンしか楽器がなく、それでは私たちのサキソフォンやその他の金管楽器の代用にはならなかった。

私たちがしじゅう接触していた消毒小屋の監督は公民権剝奪の年寄りのドイツ人収容者で大の音楽好きだったが、彼が、自分の誕生日を機会に、運搬してくる衣類の下に隠して楽器をもちこみ交歓演奏を実現したらどうかと具体的な提案をしたのだった。こういう企てが危険なことは承知していたが、結局私たちは演奏会のあと楽器を消毒しなければならないのを覚悟のうえでこのプランを実行にうつすことにきめた。

私たちは無事に私たちの宝物を私たちの収容所から運びだし、ジプシーの収容所にもちこむことに成功した。そして私たちは喜びをあらわにした多数の聴衆に囲まれて音楽会を開いたのだった。すべての警戒措置がとられ、親衛隊員にも見逃してもらうことになっており、何の危険もないように思われた。

その時突然ドイツ軍の制服をつけたひとりの男があらわれてジャズの一節を演奏していた私たちを震えあがらせた。この男は私たちにとって未知の顔ではなかった。駅のホームでカナダ班の作業に加わっていた頃、私たちはしばしばこの収容所の医師長をつとめているメンゲルの陰気な姿に親しむ機会があった。

メンゲルはかなり背の高い、美しい男で、厳しい、刺すような目をもち、典型的なドイツ軍人の物腰をしていた。すらりと指ののびた貴族的な手はいかにも上流婦人の憧れをそそりそうだった。彼の右手の親指にはそれだけで一巻の叙事詩となるような数々の物語がひめられていた。何百万という人間の命がそれぞれ、ある何分の一秒という短い時間の間、この優美な指の動き一つにその運命をゆだねてきたのだった。アウシュヴィッツにやってきた人間資材の監督、それが収容所医師メンゲルの仕事だった。この親指が右に動けば、一つの生命がひとまず生きのびる、すなわち収容所行きになるということだった。反対に左に動けば、それは猶予なし、取消不可能の死刑宣告を意味していた。メンゲル医師の親指は滅多に右に動くことはなかった。そう動く時も不承不承だった。この男のわずかな身ぶり一つによって、ただ彼と同様この世に生きていたいということしか願っていない何千という罪なき人々が毎日死に追いやられていくのだった。

彼の姿を見て私たちは演奏を中断した。この意外な人物の出現に取り乱した私たちは一体彼が何をしにきたのか自問自答した。私たちの演奏によって誕生日を祝われていた小屋長はまっ青な顔をしてメンゲル医師の所にかけよって行き、ジプシー収容所に私たちがいることの理由を説明した。メンゲルは手の平をあごにあてたまま無表情にその説明を聞いていた。何か不吉なことを考えているような様子だった。ところが驚いたことに、やがて彼は演奏を続けるよう私たちに指示したのだった。

私たちの楽隊にはボビーという名の歌い手がひとりいたが、彼はいくつかたまらなく滑稽な歌をレパートリーにもっていたので、私たちはこの特別の聞き手の気分をひきたてるためにぜひここでその本領を発揮してくれるようボビーに頼んだ。これによって奇蹟がおこった。悪魔が憑りうつったようなボビーの奇想天外な歌いぶりにメンゲルはしばらくの間はこみあげてくる笑いを何とか手で押えようとしていたが、とうとう我慢できなくなって一言も発さずに飛び出ていってしまったのである。

この祭典の翌日、私たちはメンゲルのジプシー収容所訪問の結果を知った。私たちはもう二度とそこに足を踏みいれることはなくなった。この収容所は立入り禁止になったのだった。ドイツ軍にいたことのあるジプシーの調査が急いで行なわれ、壮健な男たちはどこかへ連れ去られた。私たちの収容所からは心を引き裂かれるような痛ましい別離の光景が見えた。突然思いがけないところからおこる出来事には慣れていたものの、それでも私たちは何のために、そしてどこへこの男たちが連れていかれるのか訝しんだ。

すべては間もなく明らかになった。ジプシーの妻や母親たちは彼らの夫や息子たちの出立を長い間悲しむことはなかった。その時私たちは皆小屋に押しこまれたが、細目にあけられたドアのすき間から鉄条網の向う側でおこったことをすべて目撃することができた。

親衛隊員ほぼ全員に棍棒で武装したカポが加わってジプシーたちをトラックに押しこんでいた。自分たちがどこへ向かっているのかも知らずに自由の身からそのまま火葬場へ直行していく人々とは違って、ジプシーたちは彼らを待ちうけている運命を知っていた。彼らは死にものぐるいの抵抗を試みた。

ドイツ軍当局が壮健な男たちを前もって切り離しておいたのはこの抵抗を少しでも弱めるためだったのである。

たっぷり二時間の間、叫び、吠え、嘆く無数の声が私たちの耳にまで達した。それから再び静かになった。トラックは出発し、ジプシー収容所には誰もいなくなった。全員ガス室へ送られたのだった。

その日出発した男たちがどうなったかということは私たちには結局何も分からなかった。

……………………

ジプシーたちは彼ら専用の酒保をもっていた。しかし今となってはこれも不用となったのでどこか他へ移さなければならなかった。この仕事をひきうけることになったのがまたもや音楽隊だったが、私たちは女性収容所が行先だと聞いて大喜びした。

私たちは積荷を最小限に減らし、しかもそれでいてできるだけかさばっているように見せかける工夫をして出発した。こうすることで私たちは力を倹約し、その分だけこの旅の行程を長いものにすることができた。私たちは女性収容所訪問という滅多にない楽しみをできるだけ長びかせたかった。

ドイツ軍当局はしばらく前から女性収容者の生活条件を改善する意向を明らかにしていた。水道や電気がひかれ、さらにいくつかの工事が始められて、そのために石工、家具師、錠前屋、ガラス屋、電気工等の職人がしじゅうここに出入りするようになっていた。ジプシー収容所の場合と同様、この種の出張には志願者が絶えなかった。

この収容所に居住する者の大半は世間で〝女〟と呼ぶものからはまるでかけ離れた存在だったが、それでも中には魅力的な、愛らしい、時には優雅と言っても良いような女性もいた。男たちが彼女たちに近づくことのできる機会も決して少なくなかった。かくして色とりどりの恋愛関係が生まれた。仕事のために二つの収容所の間を移動する者の手を借りて、毎日、手紙や小包がやりとりされた。この結びつきは、自由の身でいる時と少しも変わらないほど広い幅におよんでいた。その場限りの気晴らしの場合もあれば、関係の進展を見守る仲間たちの好意に助けられて長続きする場合もあり、時には、真実の愛から生まれ、やがて圧制者に対して同じ憎しみの感情の中で劇的な展開を遂げていく恋愛物語となる場合もあった。

知りあい、理解しあい、愛しあってついにいっしょに逃亡することを決意した恋人たちの物語を私たちは知っていた。これは数多い逃亡の歴史の中でも前例のない英雄的なエピソードだった。このドイツ軍組織に対する挑戦を進めていくためには、それぞれ、さまざまな困難に満ちたいくつもの状況を次々と上首尾にきりぬけていかなければならなかった。

アウシュヴィッツ収容所から脱走するということはどう考えても実現不可能な、はじめから失敗することが分かっている企てだった。かりにひとりの収容者が鉄条網を乗りこえる、あるいは外の仕事場から逃亡するのに成功したと仮定しよう。彼がいなくなったことはただちに通報され、親衛隊員、収容者、猟犬からなる追手が即座にくりだされる。周囲四十キロ以内の歩哨に知らせがとび、あたり一帯は一メートル、また一メートルという具合に隈なく捜索される。逃亡者は夜陰に乗じて逃れるより他ないが、その場合でも至る所に設けられた望楼から発見される可能性がある。昼の間は彼は何とか安全な隠れ場所に潜りこんですごすしかない。もしその日のうちにつかまらなければ翌日再び捜索が続けられ、逃亡者が発見されるまでこれは終わらない。生きて連れ戻される時も、撃ち殺されて、あるいはすでに死んでいるところを見つけられて帰る時もあるが、まだ生きていた場合には公開の絞首刑となる。死んでいる場合は、椅子の上に、ちょうど坐っている姿勢となるよう背にシャベルの支えをいれられて腰かけさせられ、硬直し始めた手にほうきの柄を握らされるが、その柄のてっぺんには愛らしい筆跡で次のような愉快な文句が記されている——《万歳、また戻ってきたぞ！》。このまま死人は一日か二日のあいだ収容所の一番往来の激しい場所にさらされて、彼のあとを追おうとする者に警告を与えるのだった。

このドイツ的なユーモアに満ちた警告にもかかわらず、脱走の試みは相次いだ。成功することは滅多になく、その場合は、常に、金や宝石で買収された親衛隊員の助力のお陰だった。

この恋人たちの場合がそうだった。

その日まず男が女性収容所に正規の作業の一員として入り、夕方仲間と帰らずにひとりだけそのままそこにとどまった。この男の代りには他の男が一役うけもった。点呼で確かめられるのはいつも人数だけで、ひとりひとりの有無ではなかったからこれで平気だった。しばらくして軍用車が一台女性収容所に入ってくると、ドイツ軍人に変装した恋人たちを連れ去った。車は歩哨線を無事通りぬけ、やがて安全な場所に達して彼らを降ろした。こうして二人の恋人たちは自由の身となったが、あとから分かったところでは、男はこの逃亡の際、多くの秘密資料をもち去ったということだった。逃亡から数週間後、もうほとんど皆の記憶からも忘れ去られた頃になって、この事件は突然の解決をみた。恋人たちが護衛に囲まれてアウシュヴィッツに再びあらわれたのを見た時私たちは激しい驚きにうたれた。まもなく私たちはこの物語の悲劇的な結末を知らされた。

二人はチェコのある町に隠れて外国に逃げる機会を待っていたのだった。外では決して二人いっしょに歩いたりせず、安全に気を配って暮らし、外国へ出る計画もすすんでいた。だがある日、彼らがそれぞれ道の両側に別れて歩いている時、ゲシュタポが女のほうをよびとめて身分証明書を提示するよう求めた。彼女はあらかじめ用意していた偽造証明書を見せたが疑わしい点があるという理由で警察まで連行されることになった。それを見ていた男は彼女の素性がばれたものと信じこみ、ためらわずに道を横ぎると警官をよびとめて恋人といっしょに自分も逮捕してくれるよう要求した。男は逮捕された。だが意外な事実を知らされた。彼の恋人にかけられていた嫌疑は彼らの本当の素性とは何の関係もないので、本当なら、訊問のあと彼女はすぐかえされることになっていたのである。

…………………

酒保の引越は予定では四日で完了するはずだったが、実際にはもう三週間も続いていた。私たちは少しも急いでいなかった。私たちはしばしば今運んできたばかりの荷物をまた積んで帰るという手を使って毎日何度でも好きなだけ女たちの所へ往復した。ドイツ人たちは次第に仕事の進行状況に注意を払わなくなってきているようだった。私たちのような臨時の小部隊に対してばかりでなく、全般にそうだった。

今や私たちの多くは隣の収容所にお気に入りの娘《こ》をもっていた。もしドクターの娘がまだ生きていたら、彼は毎日、それも何度でも娘に会うことができたはずだった。悲しみにうちひしがれたドクターは女性収容所への出張に参加することを拒んだ。反対に彼の友だちのミシェルは私たちから離れなかった。彼の二人の妹はまだ生きていて、しばらく前から女性音楽隊のメンバーとなっていたからである。女性収容所にもちゃんと楽隊があるのだった。

この楽隊は時期的には私たちの楽隊よりずっとあとに作られたものだったが、部隊の出発と帰還に音楽をつけるためという目的は同じだった。最初のうちは大太鼓とシンバルしかなかったが、そのうちヴァイオリン、マンドリン、ギター、チェロなどが加わって小規模ながらもアンサンブルができあがってきた。さらに何人かの歌手と、どこからもってきたのか一台グランド・ピアノまで入って編成はより立派なものとなり、レパートリーもムード音楽を主体にして充実したものとなって、トランペット、トロンボーン、サキソフォンの多い私たち男性音楽隊の金属的な響きとよい対照を示すようになった。

二つの収容所の所長は互いに競争意識をもやし、それぞれ自分の〝音楽隊〟のすばらしいことを自慢して譲らず、その結果とうとう〝文化交流〟が生まれることになった。ある日曜に私たちの楽隊が女性収容所で演奏会を開くと、次の日曜には女性音楽隊が私たちの所へきて盛んな拍手を浴びた。

こうして相次ぐ絞首刑や新しい犠牲者たちの絶え間ない到着と併行してこの牧歌的な交歓が平和な雰

囲気のうちに続いた。連合軍がノルマンディに上陸してから二ヵ月後、私たちの収容所から百キロほどの所にまで前線が迫ってきている頃だった。ドイツ帝国崩壊の最初の徴候があらわれ始めていた。そういう中で今度は女性収容所の所長が、今度彼のほうの楽隊で調達したコントラバスを十分に弾ける者がいないので、私たちの中から誰か週に二回初心者用のレッスンをつけにきてくれないかと頼んできた。彼はそれほどこの女性音楽隊の質の向上に力をいれているのだった。こういう収容所長のやさしい心遣いの結果、この楽隊のメンバーは私たち男性楽員とはくらべものにならない恵まれた暮らしをしていた。

彼らは練習室のついた別棟に暮らし、そこには個人演奏用の小さな舞台もあった。公に認められた食事の特別配給があり、演奏以外の他の雑役はすべて免除され、それで余った時間は練習でも私用をたすのにでも好きに使ってよかった。私たちとの唯一の共通点は、他の女性収容者同様、選別に出なければならないということだった。

この楽隊の楽長はアルマ・ロゼという中央ヨーロッパでは名の通ったヴァイオリンの名手だったが、きわめてすぐれた音楽家で同時に同僚としても賞賛すべき人柄の持主だった。ここから生きて出るとまではいかなくても、とにかくこの収容所の中ででも生き続けるために、彼女および彼女の下にある楽員に許された唯一のチャンスは、この楽隊が続いていくことにかかっていることをよく知っていたロゼは、ドイツ軍当局に楽隊の必要を絶えず説き続けていた。また彼女は親衛隊員に抵抗して、病気の同僚を選別からかばってやったりもしていた。だがこうして何人もの部下を死から救ってやったあと、彼女自身チフスに冒されて、それが彼女の命を奪ったのだった。
彼女の指揮棒は喪章を結ばれて練習室の正面にかけられた。

# 19　四人の親衛隊員

ドイツのある小さな村の役場のバルコニーの下で男性合唱団が歌っているところへひとりの旅人が通りかかった。そばにいた弥次馬に彼はたずねた。《誰のための音楽会ですか?》《村長のためですよ、むろん。きょうは彼の誕生日なんです》《それならどうして村長はバルコニーにでてこないのですか?》《そりゃ、村長は今オーケストラで弾いているところだからですよ》

中央ヨーロッパ一帯に知られているこの冗談はドイツ人の音楽に対する常軌を逸した愛着を無邪気に揶揄したものである。

ドイツ民族が生まれついての音楽好きであることは疑いのない事実であり、アウシュヴィッツはその明白な証拠だった。

ドイツ人は他の民族と変りない、正常な人類の一員なのか?——これは、ここにきてからの毎日、絶えず私たちが問い続けてきたことだった。そしてその答はその都度きまってこう出てきた。《いや、ドイツ人は人間ではない。ドイツ人は化物だ、いやそれ以上のものだ。自分が化物であることを意識している化物だ。ドイツ人は自分が他の誰にもなしえないようなことをなしうることを信じている。つまるところドイツ人が他の民族に対する優越性を誇るのは理由のないことではないのかもしれない》

だがこういうドイツ人も音楽が入った時だけは、普通考えられているような人類一般に近づき始めるのだった。彼は怒鳴らなくなり、喉声で喋り始め、動作もやさしくなって、誰に対してもニコニコと肩をたいては上品に振舞うようになる。時折何かの曲に触れて遠い思い出が浮かびあがり、母親や許嫁の面影が心をしめると、彼の目は人の流す涙に似たもので濡れた。こういう瞬間にぶつかる時、私たちは、たとえドイツ人がこの戦争で勝つことがあっても人類から一切が失われるわけではないのだという希望をもつのだった。これほど音楽を愛し、音楽を聞いて涙を流す人間たちがそんなにどこまでも悪を犯し続けられるだろうか。

だがこういう甘い幻想は音楽が終わった瞬間にどこかへ吹飛んでしまう。目の前に立っているドイツ人は彼の本来の姿にかえっている——怪物に。

演奏が続いている間、その場は一種の禁忌状態になるのが常だった。親衛隊員たちが演奏を聞いている時には何事があっても演奏の邪魔をしてはならなかった、緊急命令さえしばしば無視された。親衛隊員たちは彼らの楽しみを削るぐらいなら、命令をあとまわしにするほうを選んだ。彼らの音楽に対する熱中ぶりは機会あるごとにあらわれた。音楽で気晴らしをするために私たちの所へやってくる親衛隊員も多かった。中でも次の四人は特別に目立った。

親衛隊下士隊長ビショップはユダヤ音楽を熱愛していた。彼はこの下劣な趣好を恥じていたが、ユダヤ音楽を聞きたいという欲望は廉恥心より強く、彼は定期的に麻薬の配給をうけにくる中毒患者のように私たちの所へやってきた。私たちは彼の恐れをよく知っていたので、彼がきている時は万全の措置をとった。小屋の各入口にはそれぞれ手のあいた楽員が歩哨に立って不都合な訪問者がこないかどうか見張った。そして小屋の中では次々とビショップの好きなユダヤ音楽が演奏され、彼は天使に囲まれてでもいるかのようにうっとりとしてそれに聞きいった。

演奏が終わると、彼は感激に満ちた口調で感謝の気持を述べ、ポケットをさぐった。だが大抵の場合、彼は煙草を忘れてきているので仕方なく時計屋のハインツから一箱借りて――決して返したためしはないが――それを演奏者たちに気前よく配ってまわった。ただし必ず自分の分は残しておいたうえで。

親衛隊下士隊長ビショップは長い間私たちの所にしげしげと通ってきてくれたが、ある日突然姿を見せなくなった。ユダヤ音楽に対する彼の好みが露見して、前線に送られたのだということだった。

……………………

親衛隊突撃隊員バレツキーもまた音楽狂だったが、彼の好みはひどく狭かった。ただ一曲、《ドイツの樫の木》だけが彼のお気に入りだった。その結果、演奏中に彼があらわれた時には、外であろうと小屋の中であろうと私たちはすぐにこの曲を始めなければならなかった。そうすれば私たちは彼から特別寛大な扱いをうけることができたからである。

バレツキーは私たちの収容所における最大の恐怖の的の一つだった。いつでも自転車を乗りまわしていて、他の誰にも真似できない迅速さでどこでも彼がいては困る所にのりこんでくるのだった。

違反の行なわれている場をかぎつけて踏みこんでいく彼の勘は比類のないもので、そういう時投げつける科白《せりふ》も即妙の才を欠いていなかった。

ある日曜日、私たちは、バレッツキーが警備にあたっているということを知らずに恒例の音楽会を開いていた。かなり長い序曲を演奏していると彼が警備隊の窓の所にひょっこり姿をあらわして、じっと立っているのが見えた。私たちは、彼が喜んで聞いているものと思い、そのまま同じ曲を続けた。だがアレグロ・フィナーレの楽章に入ろうとした時突然バレッツキーは演奏中止を命じた。そして穏やかな口調ですぐ仕事着をつけ、収容所の端に全員集合して彼を待つよう命じた。

私たちは不吉な予感におびえながら言われた通りにした。

数分後バレッツキーは自転車に乗ってやってきた。自転車を木にたてかけたあと彼は私たちに五列に並ぶよう命じた。それからしばらくの間うしろ手に持った太い棒をゆらゆらさせていたが、やがてそれを握りなおすとバレッツキーは私たちに向かって喋り始めた。その声は次第に大きくなり、最後にはひどいどなり声、しゃがれ声となった。

「世の中にはいろいろな音楽がある。だが俺にはただ一つ、〝俺の〟音楽しかないんだ。それは《ドイツの樫の木》だ。お前たちはさっき俺が窓の所にいるのが見えていたくせに、この曲をやらなかった。そのお礼を今からしてやる、野郎ども。さあ前にでろ」

そして彼は棒をふりまわしながらドイツの収容所で用いられていたいろいろな処罰の中で最も有名なものを私たちに課した。愉快で無邪気なあだ名をつけられてはいたが、これは収容者にとって一番恐しい罰だった。この罰は皆から〝スポーツ〟と呼ばれていた。

確かにそれはスポーツには違いなかったが、とてもやって楽しい種類のものではなかった。どれほど頑丈で、訓練を積み、鍛えられた運動選手でも五分と続けるのはむずかしかった。ところが収容所で〝スポーツ〟五分というのはこの罰の最小単位でしかなかった。十分に食べてもいず、弱った体をして、しばしば〝ムスリム〟であることも多い収容者たちが対象であったにもかかわらず、五分ですめば標準的な、むしろ寛大と言って良いぐらいの扱いなのだった。その主な内容は次のような具合だった――走る、伏せる、地面を転がりまわる、杭に頭をつけたままそのまわりをグルグルまわる、水の中に飛びこむ、険しい斜面をよじ登る、そこを転がり降りる等々。これらの運動を休みなく、気違いじみたリズムで次々とこなしていくのだった。そしてちょっとでもうまくいかなかったり、遅れたりすると容赦なく棒で殴られるのだった。

この運動を始めて一分もたつと、もう私たちは大粒の汗を流し、追いたてられた獣のように息をきらしていた。耳はガンガン鳴り、心臓は刺すような苦しさでしめつけられた。その鼓動は太鼓のうなり響く連打のようだった。私たちはバレツキーが一体何分スポーツをやらせるつもりなのか不安におびえながら考えた。五分だろうか？　十分だろうか？　もうとても耐えきれなかった。毎秒毎秒が永遠のように思えた。

バレツキーはおちつきはらって、時計を手に、次々と雨のように命令を降らし続けた。一つの運動から次の運動へ移っていく交代のリズムはますます激しくなった。その矢継早のテンポについていくのはほとんど不可能だった。バレツキーの棒はひっきりなしに降りおろされた。私たちは蛙のように跳びはね、爬虫類のように泥の中をはいずりまわった。怒りと不甲斐なさに泣きじゃくった。侮辱され、卑しいものにされ、あらゆる尊厳を奪われて、最も卑しむべき虫けらよりもみじめな状態にまで追いおとされたのだった。

バレツキーが時計に目をやった。いよいよ私たちの殉教も終わるのか。いや違う。運動は前よりも激しく続けられた。バレツキーは私たちの中でも、もう動けなくなって必死にごまかしで切り抜けようとしている何人かにとくに監視の目を厳しくする。いくら人数が多くても彼は決してどんなごまかしも見逃さない。この責苦はもう永遠に終わることがないようだ。

その時バレツキーが運動中止の合図をした。彼は、今回に限り彼の寛大さを示すために十五分でスポーツをきりあげておいたと私たちに告げた。この寛大さを忘れてはならない、さもないと次は三十分にまでのばされるだろうとも言った。

それから彼は、衣服をまた着けて中断した演奏会を続けるようにと命じた。


……………………

親衛隊小隊長ブロードは私たち楽隊の最上の友人だった。彼は、北シレジア地域の全収容所の収容者を管理して、絶滅計画の指令をだす政治局の分室長をつとめていた。ブロードはいろいろ訊問をうけに政治局によばれてくる収容者とだけ接触をもっていたが、彼の前にでたことのある者は、彼が相手から自分の知りたいことをあらいざらいひきだす腕にかけては並ぶ者のない名人であることを知っていた。ブロードの主な仕事は収容者ひとりひとりについて役に立ちそうなあらゆる情報をまとめた書類やカードを作成管理することだった。彼が書類をとりだしてそれに特別の付注を書きこむ時は、間違いなく死刑の宣告を意味していた。

この二十四歳の青年は自由時間の大半を私たちの聖なる音楽室ですごしていた。彼は大変教養があり、数ヶ国語をよどみなく話すことができた。彼の優雅な物腰からはとてもその恐ろしい職業を想像することはできなかった。彼は、陽気な足どりで、一切わずらわしいことのない人のように私たちの所へやってきたが、それを見ていると大学生か何かのようだった。

親衛隊員は誰も音楽好きだったが、その流儀はさまざまだった。小隊長ブロードは専門家そこのけの名人の部類に入るような演奏の腕をもっていた。彼の生まれつきの音楽的素質、音楽に対する深い知識は彼の注意や身振りの端々にあらわれた。ブロードはどんな国際的なオーケストラに行っても立派に通用するだけの実力をもった第一の名手だった。

彼の楽器はアコーディオン、大型のアコーディオンだったが、私たちはそれが彼の繊細、敏感で、あらゆる鍵盤、レジスター（音詮）を自在に弾きわけることのできる指にあやつられるのを聞いてはじめて、アコーディオンという楽器が名人の手にゆだねられた時どれだけの働きをなすことができるかということを知ったのだった。そして同時に私たちは彼のお陰で一般にはあまり評判のよくない大型アコーディオンという楽器の価値を再認識したのだった。

ブロードはジャズに夢中だった。ヨーロッパのもの、アメリカのものを問わず、どんな曲にも彼は通じていたが、とくに彼が好んでいたレパートリーは彼の洗練された趣味をよく示していた。彼は私たちのオーケストラのうちのベスト・メンバーといっしょに演奏することを楽しみにしていたが、彼が曲のメロディーにのって即興演奏をくりひろげるのを聞くのは私たちにとってかけがえのない喜びだった。時々彼はドラムにまわることもあった。ここでも彼のスリルに満ちたリズミックな即興演奏は、彼の技術と音楽性に対して私たちが与えていた高い評価を裏書きするに十分なほどすばらしいものだった。

ブロードは、大量生産用の見本品で、それも悪天候にさらされたためにガタのきていた私たちのアコーディオンでは満足できずに、ある日自分自身の楽器をもってきた。これはどんな低音でもだすことができ、何種類ものレジスターのついたすばらしい新品の楽器で、きれいにニスを塗ったその木製の胴部には小さな卐印が象眼されていた。ブロードはこの愛用の楽器を完璧にあやつって見事なソロを聞かせてくれたが、これには私たちはただ感嘆するばかりだった。しかし飽くことのない音楽的欲求をもっていたブロードは、消音器をつけたトランペットの音色がだせるような特別なレジスターを新しくつけたがった。

われらの楽器屋、時計工ハインツがこの仕事をひきうけた。数週間の間彼はブロードのアコーディオンにかかりきりになって、この精密器械を動かす小さなレバーや歯車に必要な細かい部分を一つ一つ手で作りあげていった。完成した仕事を見たブロードはすっかり喜んで、この職人に煙草二五〇本という豪勢なお礼をした。

時々ブロードは何日も姿を見せないことがあった。そういう時彼は非常に多忙なのだということを私たちは知っていた。何ヵ月か前には、アウシュヴィッツ第一収容所に設けられた慰安所の職員を女性収容者の中から選ぶ仕事でそういうことがあった。それからまた、彼が勧めて創設されることになったジプシーたちの楽隊の進展状況を視察に行かねばならないためにこちらへこられないこともあった。

ごく最近、彼はいつもよりずっと長い間あらわれなかったことがあったが、この時はかなりの仕事だった。まずジプシーひとりひとりについて作製されたカード一万枚を焼却し、翌日からそれらのジプシーたちを焼き殺したのだった。こういう仕事の内容とそれによってもたらされる疲労のことを考えてみれば、親衛隊小隊長ブロードがどんな息抜きを必要とし、特別のレジスターをつけて改良した彼の楽器を鳴らすことで日頃の心労を忘れたいと願うか、私たちにもよく理解できた。

……………………

親衛隊下士隊長ヴォルフはいわゆる〃礼儀正しい〃ドイツ人のひとりだった。常に愛想が良く、決して命令口調になったりしなかった。私たちの所へしょっちゅう訪ねてくる時も当局の代表者というような様子は少しも見せず、全く、気晴らしに遊びにきた友人という感じだった。

ヴォルフは音楽を非常に愛していたが、特別な好みはもっていなかった。ありきたりなポルカにも、ロマンスやクリスマス・キャロルと同じように感激した。そして特別なプログラムを注文することもなくただ私たちの演奏するものをそのまま聞いて楽しみ、時折時計工ハインツやアンドレと話をしたりしながらいつまでも私たちの所にいた。この親衛隊員とハインツはドイツの同じ村の出身だったために仲が良いのだった。二人は互いによくいろいろな思い出を語りあっていた。親衛隊員下士隊長ヴォルフとユダヤ人収容者ハインツの間には真の友情があった。

ヴォルフが何日かの休暇をすごして帰ってくると、きまってハインツは生まれ故郷のニュースを聞きたがった。これに対してヴォルフは、まるで家族に話してでもいるかのように細々と旅の話を聞かせてやるのだった。彼は、親衛隊員が収容者に親しむことを禁じた命令に自分が反していることも忘れているようだった。彼はハインツに、故郷の町が連合軍の爆撃をひどくうけていること、この爆撃は他の町にも休みなく加えられていることをうちあけて、とくに被害の大きい通りや建物などを数えあげた。

こういう話は夜遅くなってから始められることが多かったが、夜ふけの雰囲気のためにヴォルフの口はますます軽くなり、会話の内容は次第に私たちが絶えず気にかけていた事柄へと移っていった。

ヴォルフは確かに他のナチ党員とは違っていた。ヒトラーに仕え、彼をたてまつり、彼に従って働いていたとしても、ヒトラーを自分の神としてあがめるようなことはなかった。彼はヒトラーを人類の歴史にある一頁を記すために生まれてきた天才とは考えていたが、決して誤ちを犯さない人間とは思っていなかった。

ある晩、ハインツは思いきって、皆が絶えず心にかけていながら口にだせないでいた質問をしかけてみた。ちょうどドイツ国内に戒厳令が敷かれた頃だった。人民突撃隊が発表され、〝祖国は危機に瀕している〟のだった。こういう状況を考えあわせれば、ヴォルフがハインツのもちかけたこの質問を限度を越えたものと判断して、他のナチ党員同様、国家社会主義への忠誠を楯にこれ以上議論を続けることを拒否したとしても、当然なところだった。だが親衛隊員ヴォルフは質問を避けなかった。逆に喜んでこの〝インタビュー〟に答えた。彼は質問の隠された意味を見ぬいて、常々そうであったように問題の最も根本的な点まで降りていくことをためらわなかった。

「ドイツは戦争に勝つとあなたは考えているのか」とハインツはたずねた。

「必ずしもそうとは言えない」としばらく考えた後ヴォルフは答えた。

「それでは戦争に負けた場合、この収容所でおこってきたことが世界中に知れわたって、あなた方はその責任を問われることになるのだろうか？」

「いや誰にもそのことは知られないだろう」と彼は微笑しながら言った。「私たちの責任が問われることもありえない」

「そう、それは私にも理解できる。つまりあなたはひとりも証人になる人間が生き残らないと言うのでしょう？」

「いや、そういう意味ではない……」

沈黙が続いた。ヴォルフは懸命に考えをまとめ、これから言わねばならないことの重みを測っているようだった。彼は思い口調で続けた。

「結局、本当のことを知っておいてもらうほうが良いだろう。原則的には今君の言ったことは間違いではない。これはあくまでも原則の上での話だが、アウシュヴィッツでおこったことを世間に伝えることのできる証人というものはありえないのだ」

「だが、肝心なのはこのことではない。肝心なのは、もしかりにそういう人間が生きのびて、彼らの体験してきたことを語ったとしても、誰も信じてはくれないだろうということなのだ。ここが私たちの総統の天才たる所以なのだ。彼のしたことは実に単純なことだが、まさにその驚くべき単純さ故に超天才的なのだ。彼はそこらのでくの棒ではとても考えつかないようなことを思いつき、実行した。どうして大切な時間を浪費して、ドイツ人以外の人類を国家社会主義に改宗させたりする必要があるだろう。こういう遅れた人間どもはきれいさっぱりこの地上から消してしまうほうがよほど簡単ではないか。まず一番弱い連中から始めて順々にいき、最後に一番強いのを片づけてできあがりというわけだ。こういう考えが君たちにとって〝怪物的〟に思えることは理解できる。だがそれは君たちが私たちの種族に属していないからだ。君たちは私たちがここで行なっていることを〝犯罪〟と思っている。だが忘れてならないことは、これは皆、戦争の最中、とくにこの目的のために選ばれた人里離れた場所で、外からは強力な鉄条網と歩哨から守られて完全な秘密のうちに行なわれているということだ。ここでおこっていることを通りがかりの者が目にするということはありえないし、したがって、一般民衆の耳に入ることも絶対にないのだ。だからたとえ私たちが戦争に負けるとしても、〝勘定書〟がまわってくることはないわけだ。万一君たちが申立てをすることができたとしても、せいぜい公開裁判の制限内で、適用される刑法も行なわれた〝犯罪〟の規模にはとうてい及ばず、結局、君たちの言い分は管轄違いということになってしまうだろう。〝人類の〟正義などというものも、これだけ桁外れのことにあっては何の役にもたたないのだ。せいぜいのところ、最高幹部たちが申し開きを迫られるぐらいで、ドイツそのものはいつまでも続いていくのだ……」

# 20　シュヴァルツフーバーの訓示

それまで戦争は私たちにとって抽象的な事柄でしかなかったが、今やそれは次第次第に現実的な事実として私たちの前にあらわれてきた。周囲の至る所にその兆がみえ、それにつれて日ごとに事態は好転してくるようだった。

ドイツ軍は兵力増強を必要としていたために、収容所の親衛隊員はその数をどんどん減らされていった。私たちがここへきた頃には二千人以上いたのが今では二百人を割っていた。当局はこの穴をウクライナ出身の親衛隊員をつぎこむことでうめようとした。だが相次ぐ集団脱走の結果、この非ドイツ人に頼る計画は放棄され、とうとう、人民突撃隊出身の老人や引退した警察官をかり集めることでやりくりすることになった。しかしこの場合にも彼らは必要な訓練や親衛隊幹部としての資格試験をうけていない以上、当然、要求される気質や動作振舞はもちあわせず、機会あるごとに、自分たちは形だけの親衛隊員にすぎないといわんばかりの口をきいたりした。

つい最近、ドイツ軍の砲兵部隊が収容所のすぐ近くに駐屯し始めた。この部隊は間もなく集中訓練を開始して、昼夜なく実弾演習が続くことになったが、私たちは、これも実は、まだ遠くには違いないがもう耳には入ってくるソヴィエト軍の砲弾の音を消すための一策ではないかと疑った。

そしてある日突然私たちは戦闘にじかに接触することになった。それは何という喜びだっただろう。アメリカやソヴィエトの飛行機がアウシュヴィッツ上空に姿をあらわしたのだった。それまでは収容者の脱走が発見された時に限って一斉にすさまじい唸りをあげて鳴っていたサイレンは、今や、くりかえし悲痛な弧を描きながら警戒が発令されたことを告げた。私たちには厳重な命令が規定された。全部隊は、これからサイレンが鳴り始めると同時に収容所に帰らなければならないことになった。これは明らかに恐慌がおこったり、爆撃があったりした場合に脱走者がでることを避けようとするためだった。警報のおりている間はそれぞれの小屋にとじこもっていなくてはならないという命令も課された。だが、喜びにあふれかえった私たちは、あれほど待ちこがれてきた自由の使者であるこれらの銀色に輝く飛行機の姿を眺める喜びを奪われるぐらいなら、むしろ喜んで罰をうけるほうを選んだ。

私たちはほぼ公然と命令を無視して外にとどまり、友軍機の動きを追い続けて、歓迎の挨拶を送った。アウシュヴィッツの駅や親衛隊員の宿舎におとされた爆弾の破裂する音が聞こえてきた。それに続いて、私たちは、収容者の中から数十人の犠牲者がでたという知らせを受けたが、それでも、私たちは、きっと彼らもこういう好ましい理由のためなら喜んで死んでいったろうと信じて疑わなかった。

人民突撃隊の総動員も押し寄せてくる連合軍の勢いの前では全く無力だったことは明らかだった。今や、政治犯以外のドイツ人収容者、すなわち緑三角印の連中の半ば志願的な動員が始まっていた。敗走中の軍からの緊急要請にこたえてまず六十人ほどの収容者兵が出発することになったが、これは収容所の一大事件だった。私たちは彼らが集合してくる間中演奏を続け、次に消毒に行く彼らの前に立って進み、シャワー室で彼らが体を洗っている間も休みなく希望の曲を弾き続け、とうとう汽車に乗りこむまで離れずについてまわったのだった。

あとになってから私たちは彼らの志願も戦況を変えるには何の役にもたたなかったことを知らされた。突然与えられた自由にすっかり酔って規律を失った彼らは、以前の貸借の勘定をめぐって争い、前線に達する前に互いに殺しあってしまったということだった。

収容所での生活条件は刻々と変わっていった。上からの命令はすっかり趣きを変えるようになった。まず収容者を殴ることが禁じられた。体罰はどんなものでも口頭でその理由を述べて当局の許可を得なければならないことになった。

前線から送られてくる負傷兵を受けいれるための軍事病院の内装作業が急がれるようになって、私たちの小屋にもそれぞれ水道がひかれ、また洗面所と便所が設けられて、衛生状態が改善された。

親衛隊員たちは明らかに恐怖をきたしているようだった。ユダヤ人や収容者たちのうけを良くしようとして彼らは過去の自分たちの行為の弁明につとめ、そのためには上官や、ベルリンの指導部に責任をなすりつけることも辞さなかった。以前脱走者にドイツ軍の制服を流していた何人かは、今度は、非常の場合、収容者たちにまぎれこんで逃げようという目論見から、平服や収容者服を調達するのに血眼になっていた。

脱走は日増しにふえていった。とくにロシア人収容者に多かった。そしてその大半は成功した。収容所南に見えるペスキード山地に集結したゲリラたちが収容所内の組織と共謀して確実安全な脱走ルートを作ったからだった。首つりや集団処罰にもかかわらず、雪崩のような脱走の勢いは衰えなかった。同時に収容所内部でも抵抗運動が始まり、親衛隊の無力は頂点に達した観があった。

……………………………

しばらく姿を見せないでいたあと、司令長官シュヴァルツフーバーは奇妙なメッセージをたずさえて再び私たちの前にあらわれた。

ある午後、私たちはすぐ雑役をやめて収容所に帰るよう言い渡された。いつもよりずっと早く帰ってくる諸部隊のために演奏の準備をするようにということだった。こうした混乱は当時ではもうありふれたことだった。

万事ふだんと変りなかった。諸部隊は私たち楽隊の演奏にぴたりと歩調をあわせて行進した。命令の性格が変わり始めて以来、仕事から戻ってくる収容者たちの間に死者や歩行不能者の姿はほとんど見られなくなっていた。

最後の行進曲が終わり、私たちが演奏席を離れようとしている時、親衛隊の建物からまだその場に残っているようにとの伝令が届いた。シュヴァルツフーバーがあらわれたのはその瞬間だった。

私たちに向かって歩いてくるのは、もはやあの冒し難い威厳に満ちた軍人ではなかった。シュヴァルツフーバーはすっかり変わっていた。彼は足どりもおぼつかなく、目に見えない障害物にでもつまずいたかのように大きな弧を描いてよろめいた。実際にはひどく酔っていたのだった。何人かの下士官と兵士が数歩あとからうやうやしくついてきた。シュヴァルツフーバーは、甘やかされた子供のようにイライラした調子で彼から離れて点呼にとりかかるよう命令した。

それから彼は私たちの所に近づいてくると楽長の指揮棒を奪いとって、歪んだ口に嘲笑を浮かべながら、彼の気に入りの《祖国、汝が星よ》を演奏するよう私たちに命じた。そして酔いつぶれた親衛隊員まるだしの格好で指揮をとった。遠くではドイツ人も収容者たちも一様に半ば楽しみ、半ばショックをうけながらこの光景を眺めていた。私たち自身はふだんと同じ気持で演奏を続け、大過なく最後までいった。だがその次の瞬間シュヴァルツフーバーがだしぬけにこう言った時、私たちの驚きはどれほどのものだったろう。彼はこう言ったのだった。「私のために《インターナショナル》*を演奏してくれないかね」

すっかり仰天した私たちは、誰ひとりとしてどういう反応を返したら良いものか分からなかった。大声で笑ってこの素敵な冗談を理解したことを示すべきなのだろうか。怒るべきなのだろうか。黙っているのか。ルシアンがまず気を取りなおして、気をつけの姿勢をとりながらこう言った。「私たちは楽譜をもっておりません、収容所長殿」「どうしてまだもっていないのだ」とシュヴァルツフーバーは酔っぱらい特有のしつこさでたずねた。ついで彼は急に静かな調子になってこうつけ加えた。「いや、かまわない。どうせまもなくお前たちの手に入るさ」。そして彼は指揮棒をかえすと相変らずよろめきながら収容所の中へ帰っていった。

死のような静けさの中で点呼が始まった。ふだんと違う点は何もなかった。親衛隊員たちは収容者数を確かめて記録係に報告した。ついで記録係の命令で私たちは凍りついたように不動の姿勢をとり、伝

＊労働者による革命をよびかける歌でソ連の国歌でもあった。

統的なピシャッという音をたてて帽子を脱いだ。私たちはそのまま、記録係が右手を高くあげ、《ヒトラー万歳！》と声高く叫びながら司令長官に敬礼して、うやうやしく、収容者の現在数が統計局に登録されている数とぴったり一致していることを彼に告げるのを待っていた。

私たちの期待に反して、この儀式が終わっても列から離れることは許されなかった。司令長官から重要な知らせがあるというのだった。

間もなく司令長官が第一棟の前まで出てきて、そこで演説を始めた。それが終わると収容者の列から一斉に拍手が湧きあがった。同じことは他の小屋でもそれぞれくりかえされた。そして彼はとうとう私たちの所までやってきた。

二人の通訳が付添いに立って彼の言葉を逐一訳した。司令長官は話しながら次第に自分の言葉に酔っていくようだった。彼はふらふらし始め、それまで他の小屋の前で喋ってきたことと同じことをくりかえしているにもかかわらず、話し方もおぼつかなくなっていった。一言一言彼は言おうとすることを胸の中で捜しては間違え、言い直し、何度もくりかえした。それは、どうしても自分では信じられないあることを私たちに説こうとしているような様子だった。

「収容者たち！」と彼は重々しい口調で始めた。「収容者たち！　しっかりしていなくてはならない。軽率な輩が吹きこむ誤った情報などを信じてはならない。警報や爆撃や大砲の音が聞こえたりすることがあっても、士気の衰えがあってはならない。お前たちは作戦中枢からあまりに遠い所にいるために戦況がどうなっているかということを正しく判断することはできないが、われらの総統は、わざと敵をわれわれの領土に侵入させて偽りの喜びを味わわせてやったうえで、それを利用して最後に彼らを破滅に追いこむという天才的な戦略をすすめておられるのだ。われわれは敵をブグ川*までひきよせておき、それから一気に反撃する。もし敵がそれ以上進もうとしたら、よろしい、その時は毒ガスをお見舞する。収容者たち！　勇気を失ってはならない。以前にもまして規律を守らねばならない。脱走など試みてはならない。おそかれ早かれ捕えられて罰されるのだから。ここではお前たちは全く安全なのだ。行ないの正しい者はやがて自由を与えられるだろう。ドイツ万歳！　総統万歳！」

拍手と万歳の声に送られてシュヴァルツフーバーは私たちの列を離れると、また次の所へ演説をぶちに進んでいった。こうして彼は多分ベルリンから直接下された命令を果たしているのだった。

訓示の目的は達された。私たちの士気はあがり、活力もすっかり回復した。私たちは有頂天だった。反撃を告げる新たな太陽があがったのだった。

＊ポーランドを流れる大河。ソ連とドイツの戦いで戦略上重要な位置を占めた。

# 21　最後の日々

明らかにドイツ軍は、この危くなってきた戦況をきりぬけるためにはどんな手段をも辞さない構えだった。突然不意打ちのような大規模な配置変えが私たちに対して発令された。これも、シュヴァルツフーバーが演説で述べていた総統の天才的な戦略のあらわれだったのだろうか。ともかくこの配置変えによってアンドレは楽長の地位からおろされることになったが、直接この処置をすすめたのはフランツ・デニシュだった。アンドレが何人かのロシア人とポーランド人のためにこっそり音楽会を開いてやったという噂を耳にしてデニシュはこのことを上局に訴え、ついでアンドレの音楽は収容者の士気に悪い影響を及ぼすという理由をつけて彼を楽長から外し、代りにルシアンを昇格させたのだった。

これにひき続いておこったいくつかの改革を私たちは半分驚き、半分面白がりながらうけとめた。根からの悲観論者であり、私たち皆と同様、この収容所で自分の生は終わるのだと信じこんでいるルシアンは、この任命をいよいよ彼の最後の時がきたものと考えて疑わなかった。やけをおこした彼は、まず背中の中央とズボンの両脇に真赤な太い縞線の入ったまっ白な上等の服を楽員用にそろえることから仕事を始めた。アンドレが使っていた細身の指揮棒もまっ黒な太い棒にかえられた。ルシアンの手に握られた棒が宙に描く花々しい曲線は必ずしも私たち楽員にとって分かりやすいものではなかったが、ドイツ人たちには大変愉快がられた。私たちの演奏曲目も変わった。ルシアンは民間ではやっていた曲をいくつか仕入れてくると同時に、ドイツ軍用の歌集を一冊手にいれた。それで私たちは専ら、ポルカ・マーチとかフォックス・トロット・マーチとかタンゴ・マーチとかいうようなものばかりを演奏するようになり、しめくくりには《ペルシアの市場にて》を盛大に流して、第三帝国の光栄ある軍隊の進むべき道を指し示すというのが決め手になった。

私たちが巡回サーカスのパレードを続けている間も、とうていありうべからざる噂は流れ続けていた。それらの噂は信じがたいものであればあるほど、本当らしく思われてくるのだった。

ある噂によれば、ゲリラ部隊がソ連軍の落下傘部隊と連絡をとったうえで山を下り、私たちを解放しにやってくるということだった。

手錠を積みこんだ貨車が二台アウシュヴィッツ駅に着いたという噂もあった。これらの手錠は私たちのためのものだった。すなわち収容所の撤退がじき始まるが、その際、両手をつないでおくことによって私たち収容者の逃亡を防ぐのだということだった。

また、ある〝絶対確実〟な筋からは、ラジオでコミュニケが発表され、ドイツ人の戦争捕虜と私たちを、ドイツ人ひとりにつき私たち収容者ふたりの割合で交換することが決定したという話が伝わってきた。

さらに最も新しい情報によれば、親衛隊は全面的にこの収容所からひきあげ、かわりに国防省の代表者がきて私たちを国へ帰し始めるとのことだった。

なぜこんな噂がでてきたかというと、ここ数日列車の到着がなく、驚いたことには火葬場の煙突もすっかり活動をやめて豆ランプのようにひっそりしてしまっていたからだった。私たちは希望をふくらませていった。ドイツ人はうろたえ、戦況はほとんど破局的になっており、釜は人肉の供給をうけていないためにすっかり眠りこんでいるではないか。

だが今度もまた私たちの望みは破られた。再び駅には雪崩のような犠牲者の群れが到着しはじめ、空は黒煙でおおわれるようになった。

一体どこからこれらの不幸な人間たちはきりもなくやってくるのだろう。この問いに対して、まもなく、彼らは皆私たちの収容所より前線に近い所にある収容所から連れてこられるのだという答を聞かされて私たちはゾッとした。

私たちにとって唯一の慰めは、これらの輸送列車が今ではどれも無蓋貨車ばかりになっているということだった。これは、ドイツ軍がいかに立ち退きを急いでいるかという証拠だった。

だが今度こそはとうとう本当に最後の輸送列車の到着なのだった。楽員たちは思いがけないことからまっさきにそれを知ることができた。

ある日私たちは盛装して演奏会の準備をするようにという命令をうけた。だがいつもとは違ってどこに演奏に行くかということは秘密にされていた。私たちはただ収容所の外へ行くのだということだけ聞かされていた。

私たちは整列して外へ出た。するとそこには六、七人の親衛隊員が待っていて、私たちをとり囲みながら、火葬場へと向かいはじめた。私たちは演奏行進を続けながらも不安を抑えきれなかった。誰も皆、恐怖でまっ青な顔をし、同じ問いを胸の中でくりかえした——自分たちは今から火葬場へ入っていくが、ここから一体生きて出ることはできるのか？

中庭には演奏席がすでに設けられており、そのまわりには火葬部隊で働いていた収容者が群れ集まっていた。親衛隊員の合図で私たちは席に着き、ドイツ軍から強制されて長年同胞をガスで殺し、焼いてきたこの仲間たちのために演奏を始めた。私たちは、これが彼らにとって地上で味わう最後の喜びなのだということを知っていた。彼らも知らないはずはなかった。ドイツ軍が気前よくふるまってくれたこの一時間ばかりの楽しみがただですむことはありえなかった。このやり口はおなじみだった。皆殺しの前にこうした慈善をほどこすというのははじめてではなかった。

演奏が終わると哀れな男たちは私たちを贈り物ぜめにした。私たちは辞退しようとしたが、彼らはぜひ受けとってくれるよう懇願し、こう悲しそうにつけ加えるのだった。「いや取ってくれ、まだあんたたちには役に立つんだ、俺たちにはもう用がないけど」

何日かたって、私たちは、火葬場人夫たちがおとなしく殺されるのを待ったりはしなかったことを聞いた。火葬場の中で暴動がおこり、看守が殺され、建物が焼かれて、収容者たちは四方へ逃げようとしたのだった。だがこの前代未聞の反抗に怒り狂った親衛隊員たちは、あらゆる手段を投入して逃亡者たちのほとんどを捕え、その場で射殺したということだった。


……………………

あれほど待ちこがれ、同時に恐れてきた時がついにやってきた。収容所の撤退が始まったのだった。

収容者たちは集められ、最初の選別が行なわれた。

私たちはこの選別の基準を知りたかった。国籍によるのか、仕事か、年齢か、あるいはまたまた〝古参度〞が問題なのか。だがこうだと言えるような決め手は何もなかった。今度もまた例のドイツ式のやり方だった。すなわち少しも秩序だったところがなく、最後まで私たちが自分の運命を知ることができないようにしておくのだった。

各小屋は徐々に空になっていった。だが私たちの音楽室だけは全くそのままだった。いろいろな兆候から推してドイツ軍は私たちを手離したがらず、最後までここにとどめておこうとしているようだった。私たちが何より恐れていたことは、仲間がバラバラに離れてしまうことだった。私たちはこの放浪生活の最後までいっしょにかたまっていることを望んだ。長い間悲惨と喜びをともにしてきたことによって、今では私たちは堅い絆で結ばれるようになり、互いにいっしょにいれば私たちを待ちうけている最後の試練にも勇気をもって直面できると信じるようになっていたのである。

私たちは出発するのだろうか。出発しないのだろうか。ドイツ軍は最後になって私たちを捨て去るのではないか。これらの問いに現実が回答を与えてくれるのを待つ間、私たちは烈しい神経戦を耐えなければならなかった。私たちは毎日何度も荷作りをしたり、それをほどいたりしてすごした。私たちはそれぞれ苦労して調達した個人財産をいくらかずつ持っていて、それを運びだしたいと思っていた。誰もいくらかの貯えをする程度の余裕はあったのである。私自身は、裁縫袋、はさみ、針、糸をもっていた。これらはそれまで大変役に立ってくれたもので何としても手離したくなかった。ルシアンの箱には紙と色鉛筆が入っていた。彼は、これで絵を描くことによってどんな難所でもきりぬけようと考えていた。アンドレは自分の手で書いた楽譜の山を悲しそうに見つめていた。これらはすべて捨てていかなければならなかったからである。だが最も可哀想だったのは時計屋のハインツだった。彼は始終、仕事道具を用向きと大きさに従って整理していたが、いざという時には、そのうちで絶対に必要な一部しか持ちだすことができなかったのである。

収容所からは次第に人がいなくなり、私たちの小屋もほとんど空になった。指物師たちも出発し、ポンプ屋たちも出発し、電気屋たちも出発していた。残っているのは私たち楽員と小屋長のヨーゼフ・ホフマンだけだった。以前ブレスラウの警察につとめていたが闇市でつかまってここにきたこのお人よしで勇敢なドイツ人は根からの愛国者だった。彼は絶えずドイツ軍の不敗を主張し続け、今なお、五十六歳という年齢にもかかわらず、前線に参加することができないのを嘆いていた。自分のようなのが百人もいれば赤軍*など吹飛ばしてみせると彼は息巻いた。

彼は一日として欠かさず私たちに向かってドイツ軍の最新秘密兵器の話をしたが、日ごとにその威力はすばらしいものになっていくのだった。また彼が連合軍に残された日数を数えない日もなかった。彼の勝ち誇った様子は決して変わらなかった。とくに、私たちにとっても彼にとっても良くない情報を伝える時にはことさらだった。

ホフマンは今や外部と私たちの間を結ぶ唯一の絆であったから、私たちは情報を得るためには全面的

＊ソ連軍。

に彼に頼らなければならなかった。

私たちはもう何の雑役も課されていなかったので、皆、それぞれの流儀で日々をすごしていた。ある者は食料の調達に励み、別の者はリュックサックの仕上げに余念なかった。中には、この混乱を忘れるために自分の場所にこもって音楽に励む熱心な楽員も何人かいた。

ホフマンは相変らずインチキな情報を流し続けた。ある時は、即日まとまって出発することになったと言い、別の日には、今度はソヴィエト軍が目の前に迫ってきたので親衛隊員は私たちを打ち棄てて逃げることになったと言ったかと思うと、その一時間後にまたやってきて、楽器をもって出発することになったからよく手入れをするようにと告げるような始末だった。

このくりかえしには私たちもとうとう匙を投げ、仕方なく、もう彼の知らせには注意を払わず、一切を受けいれるつもりで事態の進展を待つことにした。

# 22《私の素敵な音楽隊よ！》

音楽室は今では楽員仲間の内輪の活動の本拠となっていた。大部分の楽員がここに集まって、弦楽四重奏の演奏に耳を傾けた。そうすることによって、私たちは鉄条網を、ドイツ軍を、戦争を忘れたのだった。私たちはもう私たちを待ちうけている運命のことも、私たちの悲惨な境遇のことも考えなかった。私たちはこうしてほとんど宗教的な敬虔さをもって音楽に聞きいっているわずかな時間の間だけ正常な人間にかえるのだった。格子窓の間からはホフマンが騒ぎたて、あちらこちらと駆けまわっているのが見えたが、私たちは四重奏曲からあふれてくる天国的な調べを味わうことしか考えなかった。第四楽章が進んでいく間、私たちはこれが地上で聞くことのできる最後の音なのだと思わずにはいられなかった。

魅惑の時は終わった。誰もが最後の和音の響きを心にくりかえしている時、ホフマンが入ってきて、高らかにこう叫んだ。「お前たちは俺の言ったことを聞かなかったのか？　全員出発だ、きょうすぐ！」

私たちは信じようとはしなかった。だが今度はホフマンもデマを流したのではなかった。ひとりの親衛隊員がやってきて命令の確認をした。

一瞬動揺があったが、それがひくと私たちはホッとした気持を味わった。私たちの運命もついに確定したのだった。出発だ。

私は愛用の楽器類がきちんと並べられている私たちの美しい部屋に最後の一瞥をくれると、荷作りに急いでとりかかった。それから私は中庭に出て仲間たちといっしょになった。収容所撤退の時になってもまだ衛生規定は厳格に守られていた。私たちは消毒場に行き、下着も服も脱ぎすてて〝清潔〟なのを代りにもらうよう命じられた。ただ靴だけは今までのをそのまま履き続けることを許された。

私たちは言われた通り消毒と着がえをすませた。山と積まれた中から行きあたりばったりにとってきたひどいボロを身につけると、あれほど長い間模範的な清潔さとエレガンスを持っていた私たちもたちまちのうちに乞食の群れになりかわった。私たちは互いに見くらべあったが、ほとんど誰が誰だか分からないほどだった。ある者はこの変化を冗談で笑いとばしたが、別の者はこの突然の没落にすっかりしょげかえった。とくにルシアンは全く意気消沈していた。わずか二時間前には収容所の〝お偉方〟としてすっかりめかしこみ、堂々とした物腰で、自信に満ちてあたりをのし歩いていたのが、今ではしなびきって勇気も士気も失い、ただ自分の境遇の哀れな終末のことしか考えられなくなった老人として私の前に立っているのだった。アンドレはと見ると、彼はいつもと変わらなかった。おちついた、穏やかな表情で、口もとにはかすかな微笑を浮かべていた。私はこの微笑の意味するものを感じとることができるように思った。私たちの運命の転回は同時に歴史の転回でもあるのだった。人類が勝ち残ることができるなら、私たちの運命など大したことではないのだ。

収容所を離れる前にもう一度私たちは小屋の長い並びを、楽器を持ってあるいは車をひいて進んだ中央通りを、火の消えた火葬場の煙突をしみじみと眺めた。ここで死んでいった何百万という人間が一斉に立ちあがって彼らの苦しみを訴え、徹底的な復讐を叫びまわるような気がした。

どこへ行くのかは分からないがともかく汽車に乗りこんで出発するために私たちは黙々と駅へ向かって歩いた。途中、数人の親衛隊士官の前を通りすぎると、その中に司令長官がいるのが見えた。彼は、私たちが最後の敬礼のために脱帽してはじめて私たちに気がついた。その途端に彼の顔はほころび、同僚に何か喋ると、私たちのほうを指さしながら誇りと淋しさのいり混った声でこう叫んだ。

「私の素敵な音楽隊よ！」

……………………

アンドレはどたん場になって、何とかうまくパンを二切れとソーセージを二本調達していた。それにかぶりつきながら彼は私に言った。「やれやれ、また出直しだ」

灰色の貨車に互いに積み重なるようにして乗りこむと、私たちは新たな行先へ、新たな未知へ向かって走り始めた。私たちの横ではディミトリが汽車に揺られながら最後にかき集めた吸がらの選別をしていた。ブロネクは隅にひっこんで、悪い足を混雑から守ろうとしていた。ルシアンは、もう誰にも認められなくなった楽長としての威厳を何とか楽員にもう一度及ぼそうと空しい試みを続けていた。ドクターとミシェルもまた、いつものようにくっついてここに席を占めていた。ミシェルの二人の姉妹はすでに何日か前にどこかへ出発していたが行先は分からなかった。

私たちは西へ向かっていた。

「やれやれ、また出直しだ」。実際、やり直しでしかありえなかった。

……………………

途中で次第にバラバラになりながら私たちはそれぞれ小さなグループになっていくつかの通過収容所に分散して入り、それからドイツ軍とともに心ならずも〝敵〟の目の前をかすめるようにして逃げまわった。そして気の遠くなるほど長い数カ月がすぎたあと奇蹟中の奇蹟がついにおこった。私たちをあれほど苦しめてきた人間が、彼らの収容者だった私たちの前に今度は彼ら自身捕虜となってあらわれたのである。

アウシュヴィッツとそこで運命のめぐりあわせによって私が立ちあうことになった恐るべき大量殺人のことを思いおこす時、私は自分自身の遍歴など大したものではないと思わざるをえない。私はある巨大な大厄災を生きのびたひとりの難破者にすぎず、私の運命はごく近親の者と私自身にとってしかかかわりのないことなのである。だが、どれほどささやかなものであれ何とか私は自分の生を保ち続けることができた。そしてそれはひとえにドイツ人が音楽に対してもっている気狂いじみた愛のお陰だと思わざるをえないのである。

いつまでも私はアウシュヴィッツ・ビルケナウ収容所長が私たちの出発を見送って投げかけたあの苦しみと悲しみに満ちた別れの言葉を忘れないだろう。

「私の素敵な音楽隊よ！」

# 訳者あとがき（旧版）

アウシュヴィッツについてはすでに多くの本が書かれてきた。日本でもフランクルの「夜と霧」等の紹介を通じてこのナチ・ドイツによるユダヤ民族根絶の歴史は知られている。第二次大戦中のわずか数年の間に一国家の手で数百万という数の人間がまるで屠殺場に送りこまれた牛か豚のように全く機械的に殺され、処理されていった。この途方もない事実は無数の証人によって語られ、その思想的、歴史的な意味は未だに議論され続けている。訳者が滞在中のフランスでもつい最近また何冊かのヒトラーについての本が同時に出版され、大きな注目を浴びていた。

ここに訳出した「アウシュヴィッツの奇蹟」（原題「死の国の音楽隊」メルキュール・ド・フランス社一九四八年出版）もそういうナチ強制収容所の歴史についての一つの証言である。だがこの小さな本に書かれたアウシュヴィッツは、今まで語られてきたアウシュヴィッツとはずいぶん違うだろう。

これまで伝えられてきたアウシュヴィッツはどれも僕たちが今暮らしている日常の世界のどんな基準も通用しないような徹底して異常な世界だった。基本的な生存条件をことごとく奪われた状況において人間がどんなふうに生き、どんなふうに死ぬものか、その日常世界では決して見られないようなギリギリの姿をそれらのアウシュヴィッツの記録は僕たちに伝え、僕たちはそれに衝撃をうけたのだった。例外もあっただろうが、数知れないアウシュヴィッツについての証言はほぼ一致してそういう異常な世界の物語だったといって間違いはないだろうと思う。

この「アウシュヴィッツの奇蹟」もそういう異常な世界を背景としている点では変わらない。日夜とぎれることなく黒い煙を吐き続ける火葬場の巨大な煙突に象徴される無数のむごたらしい死はこの本の全体を色濃くおおっている。ここでは死こそが日常茶飯事であり、生きているということが特筆すべき例外なのである。その意味でこの本も原題の autre monde（死の国）の字義通りの意味《別世界》が示すように私たちが暮らしている日常世界とは別の、異常な世界の記録であることには違いはない。

だがこの物語の本当の中心はそういうアウシュヴィッツの異常性、人間の想像を越えた異常性を伝えることにあるのではない。この本が描いているのは、そういう《別世界》、生きるための基本的な条件をことごとく奪われたような世界でなお続けられた人々の暮らし、ごく平凡な、驚くほど日常的な生活の有様なのである。

無数の死の脅威に囲まれながら音楽という一筋の絆にたよって一群の人々が生きのびていった——これが訳題として選ばれた「アウシュヴィッツの奇蹟」の意味だが、この奇蹟の内容は本当に平凡な、どこの社会でも見られるような人間模様にすぎない。アウシュヴィッツという《別世界》でこういうごく普通の暮らしが可能であったということが僕たちを驚かせ、さらにある深い感銘を与える。それは「アンネの日記」に描かれた秘密の屋根裏部屋での少女の初恋が僕たちをうつのとある意味で同様の事情である。僕たちは岩だらけの山を登っていく。するとそのうちのある岩の小さな割れ目、風に吹きさらされ、日も射さず、水もないような割れ目から小さな黄色い花が咲いているのに出会う。それはどこの道端にも咲いているような平凡な、めだたない花だが、それだけにこうした岩の中にその一輪の花が咲きでているのを見ることは僕たちをうつだろう。そんなふうな印象を訳者である僕自身はこの本からうけた。

非ユダヤ人であり〝古参〟であるというだけの特権を利用して楽長の地位を濫用するが、最後には、犬のように死んでいくコプカ。そのコプカにことごとに苦しめられながら卓抜な音楽的才能と強い人格によって最後にコプカに代わって楽長の地位に就き、楽隊を統率して楽員を生きのびさせたアンドレ。あるいは時計工ハインツ。〝名誉収容者〟ラインホルド。これらの人物は誰も英雄ではない、いずれもきわめて平均的な人間にすぎない。ナチ党員であり、日々、何百何千という人間を殺していくドイツ人親衛隊員ですらいずれも音楽を熱愛し、音楽を通じて、あるいは故郷を通じて収容者たちと親しみ、さまざまな弱点をあらわにする普通の人間に他ならない。そういう平凡な人々によって築かれた平凡な、だがそれだけ生き生きとしたアウシュヴィッツの生活というものがこの本には描かれている。

むろんこの平凡さは私たちの現在暮らしている日常生活の平凡さとはさまざまな点で大きく食い違うだろう。前日まで親しく交流していたジプシーの集団は一夜あけると影も形も見えなくなっている。楽隊の同僚も次々に、全く無造作に、何の予告もなく間引かれ、ガス室に送られるだろう。そしてあれほど音楽を愛し、楽隊に親しんでいる親衛隊員たちはその一方で楽員を含む収容者たちの群れを牛や馬のように何の感情もなく平然と殺していく殺人者たちなのである。そういう異常性はすべてナチズムという巨大な政治組織がもたらした歪みであり、この観点からみれば、この物語もやはり個々の平凡な人間が異常な制度の下でどれだけ犠牲になりうるものか——収容者も、それを監督し、死に追いやる収容所員も——という証言なのだとも言えるかもしれない。

だが結局この小さな本が書こうとしたことは、序章に語られているようにそういう異常な悲惨そのものではなく——この悲惨は、それを実際に経験していない人々には伝えることのできないものだと著者は言っている——、その中で着々と組織され、ひろがっていったつつましい生活、その滑稽だったり、感動的であったりするさまざまな面なのである。この本はナチによるユダヤ人虐殺という問題に対して何か歴史的、思想的意味づけを与えようとするものではない。これを書いたのは歴史家でもなければ思想家でもない。物を書くということに関しては全く素人の、ただの音楽家が自分たちの体験を素朴に伝えたものにすぎない。だがだからこそ、それだけ、ここに記されたアウシュヴィッツの一面——無数の面のうちの一面——は異常にさらされた平凡な人間たちの生き方というものをじかに伝え、また、ドイツ人の体質に深く根ざした音楽への愛情というものを意外な形で明らかにするだろう。それがこの翻訳を思いたった僕の動機でもある。

この翻訳は全く偶然の機会から生まれた。

訳者が現在留学中のエコール・ノルマル・シューペリーウール（高等師範学校）の友人の部屋でこの古い本をたまたま見つけ、《死の国の音楽隊》という原題に興味をもってその友人から借りうけ読んでみたところ面白かった。そこで事情を聞いてみると、この本はその友人のものではなく、この本の著者のひとりシモン・ラックス氏の子息でやはりエコール・ノルマルに在学中の同級生から借りたものだと言われ、そのラックス・ジュニアに紹介された。それで僕が読後の感想を話し、翻訳したいという希望を伝えると、彼は早速父親のラックス氏にとりついでくれて、その結果氏はすぐ僕と会ったうえで翻訳許可をくれたのだった。

シモン・ラックス氏は思っていたようにごく平凡な老人だった。略歴をたずねると次のような答だった。一九〇一年ワルシャワ生まれのユダヤ系ポーランド人。作曲を学び、一九二六年にパリに家族とともにきて勉学と仕事を続けるうちに第二次大戦に入り、ドイツ軍にとらえられてアウシュヴィッツに送られた。戦後釈放され、パリに戻って作曲の仕事の他に翻訳（ポーランド語―フランス語）も始め、一九五七年にはフランスに帰化、現在に至る。健在の夫人との間に前述の一子がある。ラックス氏の作曲家としての仕事がどんなものかは全く分からない。室内楽の作品が多く、ほとんどは古典的な手法によるということだけ教えてくれたが、実際にそれを聞いてみる機会はなかった。

定年に達した会社員のような顔をしたこの老人は、その風采も話しぶりも全く平凡で、芸術家らしい独創性もなければ、アウシュヴィッツという深刻な体験を経てきた人間のようにも見えなかった。ただ時折ワイシャツの袖口からのぞいて見える手首に見え隠れする青い筋が僕の目をひいた。最初はそれが何なのか分からなかったが、何度か見ているうちに僕はそれが六桁か七桁の数字を彫った入れ墨なのだと気がついた。それが何なのか僕は聞いてみる勇気がなかった。だがその意味するものは聞くまでもなかっただろう。

話し好きでいろいろ日本のことを聞きたがったりするラックス氏も過去のことには黙りがちだった。僕が何を聞いてもほとんど答らしい答を返してくれなかった。本に書いてあることだけはくわしく説明してくれるが、それ以上、釈放後の生活、楽隊の他のメンバーの行末等については暗い顔で黙りこむのだった。それが私生活を穿鑿《せんさく》されることを嫌うフランス人一般の性格からくるものなのか、それともアウシュヴィッツにつながる過去を思いだしたくないためなのか僕には判断がつかなかった。

もうひとりの著者ルネ・クーディー氏についてはついに何の消息を得ることもできなかった。ラックス氏自身クーディー氏とはこの本の出版（一九四八年）以来会っていないということで、今回、以前の住所に何度か連絡を試みたが結局行先不明という返事しか返ってこないということだった。ラックス氏は僕にあてた手紙で冗談まじりに「彼は死んでいるのでしょうか？　それとも収容所にいるのでしょうか？」と書いてきた。

そういう訳でクーディー氏についてはラックス氏の記憶によるごくわずかの事実しか記すことができない。ラックス氏によれば、やはり職業音楽家であったクーディー氏は一九〇六年フランス生まれ、フランス国籍のユダヤ人であり、ラックス氏同様、パリで捕えられてアウシュヴィッツに送られたということだった。

ついでにこの一人称で書かれた記録に二人の著者がいることについて不思議に思われる方がいるかも知れないので、その説明をしておく。

ラックス氏に執筆の経緯をたずねたところ、こう話してくれた。アウシュヴィッツからの釈放後フランスに戻ったラックス氏とクーディー氏がパリで出会ってこの本を書くことに決め、二人の体験をまぜあわせ、互いに意見を述べながら共同で執筆してできあがったのがこの本である。その意味でこの《私》はフィクションであり、登場人物の名前にも架空のものがあるが、その他はここに描かれている生活すべて事実のままであり、純然たる記録といえる。

最後にデュアメルによって書かれた序文について訳者の個人的な感想を述べておく。

ジョルジュ・デュアメルはシャルル・ヴィルドラック、ジュール・ロマン等とともに今世紀初頭から芸術と生活の一致を唱えて僧院派と呼ばれる芸術運動をおこした作家であり、やがて「サラバンの生活と冒険」、「パスキエ年代記」等の一連の大河小説によって中産階級を中心とするフランス社会の動きを描いた。思想的には人文主義の伝統の上に立って個人の自由を擁護し、その観点から近代文明の諸相を批判することに力を注いで、第一次大戦後から第二次大戦後に到る数十年にわたってフランスの良識を代表する知識人のひとりとして考えられてきた。一方彼は熱烈な音楽愛好家としても知られており、「慰めの音楽」は日本でも広く読まれている。

この序文は、そういう文明批評家であり、音楽愛好家でもある文学者がナチ支配下のドイツにおける音楽というものについて率直に語った短いが興味深い文章と言える。

この本を読み終わって後あらためてこの序文を読みかえして訳者である僕は異常な感じを受けた。読者のうちの多くもそうであるだろうと思う。

この本全体を通じて二人のアウシュヴィッツ経験者が語ろうとしたことの主要な点の一つは、ドイツ人の音楽に対する途方もない愛情である。それは序章にはっきりと語られ、また「四人の親衛隊員」等の豊富なエピソードを通じても生き生きと描かれている。

このドイツ人の音楽に対する熱情は彼らの魂を根底から浸し、どれほど異常な状況の中でも純粋なまま生き続けている。他の点では怪物としか考えることのできないドイツ人もこの音楽という一点に関しては人間的な交流が可能な相手となるのである。著者たちはまさにこのドイツ人と音楽の結びつきによって死を逃れたという個人的な事情を別にしても、この音楽がドイツ人におよぼす深い浄化の力を率直に認めている。一国民全体が異民族の完全絶滅計画というような残虐さに達することができたというのが一つの奇蹟だとすれば、それほどの残虐さを平然と行使しながら音楽に触れた時だけは魔法のとけた童話の中の人物のように人間的な感情に還るというドイツ人に特有の事実はさらに深いもう一つの奇蹟なのである。この本はその不思議を強調してやまない。それが一体なぜかということは理解できないにしても、この不思議は疑いようなく実在する事実なのであり、そしてこの二人のアウシュヴィッツの生き残りはこの不思議の中に唯一の救いの光——単にアウシュヴィッツ音楽隊のメンバーだけではなく、ドイツ人という民族に対する救いの光を見出している。

だがデュアメルの見方は全く違う。この本に示されたドイツ人と音楽の関係に対するデュアメルの考えは全く否定的である。彼はドイツの音楽に対する愛を救いとは見ない。それは音楽という最も純潔であるべき世界に対する最大の冒瀆、悪魔の奸計なのである。物質的、現実的悲惨は、それがどれほど大きなものであっても人間を真に絶望させることはない。その先に人間は精神的救いを待ち望むことができる。だがこの本は、そういう精神的な救いの可能性、芸術による救いの可能性そのものがうち消されたことをデュアメルに教えるのである。ユダヤ人虐殺の血で汚れたドイツ人の手が音楽の中に入ってきた時、音楽の純潔性というものは永久に失われ、人間は出口のない地獄に閉じこめられたのだとデュアメルは言う。

こういう異様なほど激しいデュアメルの考えに僕は強い印象をうけた。あれほどバッハ、ベートーヴェンをはじめとするドイツ音楽を熱愛し、そこに人間の達しうる最も高い世界を見出していたデュアメルのこの言葉である。

この序文の書かれたのが一九四八年という戦後年数を経ていない時期であり、まだ色濃くナチズムの悲惨の記憶が残っていたことを考えにいれても、ここにあらわれた文明批評家の絶望は異常に深いと言える。

デュアメルの考え方に僕は決して同意するつもりはないが、この短い序文を貫いているヨーロッパの重いペシミズムにある真実があることも僕は感じた。

ラックス氏自身は必ずしもこの序文に満足しているようではなかった。彼はこの序文の話になると不機嫌な表情を見せ、日本訳にこの序文を収録する必要はないのではないかと提案した。それは訳者である僕にもよく理解できる気持であり、これもまた、デュアメルとは違うフランス人の率直な反応であると思った。

だが僕は結局この序文をも翻訳収録することにした。

ラックス氏の気持も確かであるなら、一方でデュアメルの感想にも真実があり、それらをそのまま伝えることによって、この小さな本がフランス社会でもつ、あるいはもった意味を幾分なりとも浮きあがらせることができると僕は考えたからである。

出版にあたっては山里亘氏をはじめとする音楽之友社出版部の方々にお世話になった。訳題の「アウシュヴィッツの奇蹟」を考えて下さったのも出版部であり、訳者である僕もこの題が気にいったのでラックス氏の同意を得たうえで使わせていただくことにした。読者の方々にも喜んでいただけたらと思う。

訳　者

昭和四十九年三月　パリ

本書は1974年、『アウシュヴィッツの奇蹟～死の国の音楽隊』（小社刊）として刊行されたものの改題・新装版です。

## 大《おお》久《く》保《ぼ》喬《たか》樹《き》

1946年（昭和21年）生まれ。横浜に育つ。東京大学教養学部フランス科卒業。パリ第三大学および高等師範学校に留学。東京大学大学院比較文学修士課程中退。東京工業大学助手、東京女子大学助教授を経て、現在、同大学教授。

■ 著書

『岡倉天心』（小沢書店）
『旅する時間』（小沢書店）
『森羅変容』（小沢書店）
『風流のヒント』（小学館）
『見出された「日本」』（平凡社）
『日本文化の系譜』（中公新書）
『川端康成』（ミネルヴァ書房）
『洋行の時代』（中公新書）

■ 訳書

『新訳　茶の本』（岡倉天心著、角川ソフィア文庫）ほか

本書には「ジプシー」等、現在では不適切と思われる語が一部含まれていますが、原著の表現を尊重してそのまま訳出しました。


**アウシュヴィッツの音《おん》楽《がく》隊《たい》**

一九七四年六月二十五日　第一刷発行
二〇〇九年四月二十日　新版第一刷発行

著　者　シモン・ラックス　ルネ・クーディー
訳　者　大《おお》久《く》保《ぼ》喬《たか》樹《き》
発行者　堀内久美雄
発行所　㈱音楽之友社
東京都新宿区神楽坂六‐三〇
郵便番号　一六二‐八七一六
電話　〇三（三二三五）二一一一
振替　〇〇一七〇‐四‐一九六二五〇
http://www.ongakunotomo.co.jp

組版・印刷　㈱シナノ
製　本　誠幸堂
装　丁　竹内紀子（ステンスキ）

＊落丁本・乱丁本はお取替えいたします。

ISBN978-4-276-21451-4　C1073